初中文言攻略

下

李國君 陳家汶 編著

作者中心論

去法

前言

　　自 2015 年教育局於中四中文科課程引入 12 篇指定文言經典學習材料，列明範文屬必修課文，並於去年起在文憑試中展開考核。訊息一開，學子始料強化文言基礎之必要，加緊操練。近年坊間也湧現了文憑試範文應答技巧的相關書籍，如雨後春筍。這種「以考促學」為文言世界帶來前所未有的關注，作為語文愛好者，筆者實感雀躍。

　　參照考評局改制下 2018 年文憑試中文卷一試題，文言閱讀能力的分數佔了 50%（指定及課外篇章各佔 30% 及 20%）。換言之，要在中國語文科的文憑試中取得佳績，得在文言部分好好表現。然而，執教有年，多見同學待至高中始「惡補」文言文，文言基礎知識尚未於初中階段充分掌握，遑論兩年間 12 篇指定文言篇章之通讀及應用。至此，筆者思之甚憂。

　　坊間文言應考的文憑試參考書籍櫛比鱗次，筆者自忖初中階段即為吸收文言知識的「黃金時期」，畢竟學好文言文乃涓滴成河之舉。校園言談間，同學亦訴文言文晦澀難懂，望而生畏。有見及此，筆者嘗以文言的「語法」及「語境」為綱領，重點講授「拆解」、「速讀」二法，並以中國傳統思想文化為輔，建立學生對解讀文言篇章的信心，冀打破「文言文是洪水猛獸」之迷思，此實乃筆者編寫之初衷。

當然，習日累多，同學們學習文言文便不能僅僅通過技巧在表面的理解上原地踏步，反倒要深入文本，掌握篇章裏的文化及思想內涵，汲取箇中智慧，鑑古知今。這樣，文言文才發揮它的真正功效。

　　至此，筆者惟盼同學們惜取光陰。要練出紮實的文言基本功，並無捷徑可走，唯勤是岸。筆者相信「習伏眾神」，只有多閱讀，多思考，才能提升語文水平，起觸類旁通之效。

　　本籍之編著力求貼合初中生同學的程度及學習需要，倘見漏疏，還望讀者不吝賜正，於此謹致謝忱！

李國君謹識
2019 年 4 月

目錄

文史篇

速讀篇

文史篇

微觀論

作者中心論

宏觀論

「文史哲不分家」，這句話套用於文言文上就最貼切不過了！

為甚麼這樣說？在古代，不少作家兼具政治人物或仕子的身份。因此，他們除了通過作品「言己志」，也「記國事」，記錄了當刻的社會實況或國家興衰；行文之間，不難發現古人援引歷史典故抒發己見的痕跡。換言之，文言文既是文學作品，也是珍貴的史料。倘若同學們絕對的把中國歷史及文學排除於文言文外，對之純粹片言隻字的拆解，形同管中窺豹，不但吃力，更是吃虧。總而言之，學習文言文，一言記之曰：**「通」**！

事實上，於理解文言文時**適度**地加入中國歷史及文學的背景認知，有助我們還原古人的書寫環境（即「語境的重塑」，詳見「宏觀論」）。然而，「書寫環境的還原」仍只是一個過程，終極目標是「擷取文道」，掌握作品的主旨或重心思想。

到底同學們可以多大程度上通過這類文史互證的方法解讀文言文？這全憑同學於文史哲上的用功及閱讀之多寡。那麼，中國歷史及文學知識如何幫助我們解讀文言文？茲歸納了以下名曰「作者中心論」的方法，讓同學們通過中國歷史及文學的背景認知擷取文道時更得心應手。

作者中心論

　　坊間的參考書籍或倡議學生**閱讀文言文時要先找出「作者是誰」**、**「作品名稱是甚麼」**等。我對這閱讀的方向大致上是抱肯定的態度，然而，此法的解說還是有點含糊，使同學們一知半解，未得全相。茲作闡釋，授予同學技巧，冀同學能抓住「作者」這線索，配合下列方法，對文言文更瞭如指掌。

　　與其思考關於「作品名稱是甚麼」等問題，我認為同學們聚焦於「作者」這線索，並循**宏觀**及**微觀**兩個角度剖析此線索更來得實際。

宏觀論

先談宏觀論。承上，古人習慣利用文字「言志記事」，這是鐵定的事實，而他們「言志記事」的題材盡源於自身的生活體驗及遭遇。因此，得知作者是甚麼朝代哪個時期的人，對於我們盡可能地推敲其作品所反映的實際內容尤甚重要。

因此，同學們得到「作者」這線索後，大體可思考下列引導問題，加深對作品的瞭解：

1. 該作者身處甚麼朝代？（如作者身處某朝代的甚麼時期？國家當時由哪一位皇帝統治？）
2. 該朝代的政治狀況如何？（如任內統治者推行了甚麼國策？該國策促成了政局的安定還是動盪？期間國家可還曾遇上甚麼外憂或內患？）
3. 該朝代的社會面貌如何？（夜不閉戶抑或民不聊生？民間可發生過甚麼動亂？）

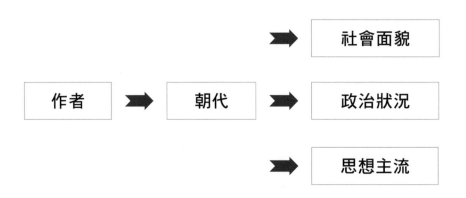

該朝代的思想主流是甚麼？（如百家爭鳴、唯尊儒術、佛道興盛還是其他？）

茲以龔自珍的《病梅館記》作範例，展示「宏觀論」的使用方法：

江寧之龍蟠，蘇州之鄧尉，杭州之西溪，皆產梅。或曰：「梅以曲為美，直則無姿；以欹為美，正則無景；以疏為美，密則無態。」固也。此文人畫士，心知其意，未可明詔大號以繩天下之梅也；又不可以使天下之民斫直，刪密，鋤正，以殀梅病梅為業以求錢也。梅之欹之疏之曲，又非蠢蠢求錢之民能以其智力為也。有以文人畫士孤癖之隱明告鬻梅者，斫其正，養其旁條，刪其密，夭其稚枝，鋤其直，遏其生氣，以求重價，而江浙之梅皆病。文人畫士之禍之烈至此哉！

予購三百盆，皆病者，無一完者。既泣之三日，乃誓療之：縱之順之，毀其盆，悉埋於地，解其棕縛；以五年為期，必復之全之。予本非文人畫士，甘受詬厲，闢病梅之館以貯之。

嗚呼！安得使予多暇日，又多閒田，以廣貯江寧、杭州、蘇州之病梅，窮予生之光陰以療梅也哉！

龔自珍《病梅館記》

註：
1) 欹：傾斜不正。
2) 斫：斬。
3) 殀：斷殺。
4) 鬻：賣。
5) 詬厲：辱罵。

細讀《病梅館記》前，先通過上述的引導問題發掘從作者身上反映的線索。**作者屬哪個朝代的人？**

　　龔自珍乃**清朝中後期**的思想家，歷經乾隆、嘉慶、道光三任皇帝，見證滿清由盛轉衰的國勢。**那麼龔氏其時所面對的滿清政局、社會面貌又是怎樣的？**

　　其時，清代帝王為了鞏固自身權力，延續專制、封建的統治，對百姓施行了嚴酷的思想箝制，如八股取士、大興文字獄等，不但扼殺才幹，更促成人心惶惶、政風因循之象。

　　事實上，解答引導問題旨在「點到即止」，無用過分深究，畢竟我們只求從「作者」身中概要的提煉他或她身處的時代背景。那麼得知作者身處的時代背景對文本理解又有何用？**那就是「語境的重塑」**了。

　　何謂「語境的重塑」？人常道「有感而言」。行文者之所以「有感而言」，皆因遇某事、某物而生感。古人都是這樣，他們往往**受周遭的環境和事物影響**，繼而產生感受，並以文字一一記錄下來，這就是作者當刻的**「語境」**。因此，為了從文言文中最準確地擷取作者向讀者傳遞的信息，我們必須結合中史及文學的已有知識，**盡可能地還原作者發文當刻的時代、環境及遭遇到的事物**，以得全相。

　　僅憑字面語譯，同學們對《病梅館記》的理解尚屬淺層。倘若配合上述「**重塑後的語境**」，同學們便會更明白龔自珍著文的弦外之音，確與作者身處的時代背景息息相關，茲示圖見下：

原文內容	作者的時代背景
梅	知識分子、平民百姓
病梅者	當權者、酷吏
扭曲的標準	思想箝制的措施如文字獄、八股文等

　　如斯抽絲剝繭，《病梅館記》的深層意思便呼之欲出了。作者以梅喻人，託物論事，委婉地表達了對專橫政權的不滿，同時展現了解放思想、矯治病態社會的宏願。

微觀論

　　作品，往往是歷史氛圍及個人情結的結晶，即在客觀環境下，作者會根據**自身的思想品格**而對眼前狀況有所抑揚。換言之，除了政治狀況、社會面貌、思想主流等客觀因素外，**作者的個人志向及政治、學術等主張**對於文言文的理解亦發揮着舉足輕重的作用。

　　作者對時代背景作出的思想反饋主要體現於兩個寫作方向，分別是**「現實類」**和**「理想類」**。先論**「現實類」**寫作方向。這類作品主要是作者對於客觀環境所作出的直接評論，常見針砭時弊、提倡建議等內容，相對地單刀直入，開門見山的。就着此類作品，同學們可思考下列引導問題，加深對作品的瞭解：

1. 作者推崇哪一個學派的思想？（如儒家、道家、法家或墨家等）
2. 作者曾倡議甚麼齊家治國、修身處世等主張？

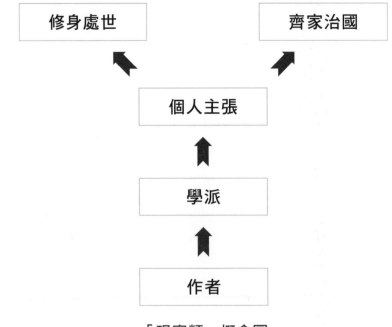

「現實類」概念圖

茲以荀子的《非相》作範例，展示「**現實類**」作品的解讀技巧：

相人，古之人無有也，學者不道也。

相形不如論心，論心不如擇術，形不勝心，心不勝術。術正而心順之，則形相雖惡而心術善，無害為君子也；形相雖善而心術惡，無害為小人也。君子之謂吉，小人之謂凶。故長短、小大、善惡形相，非吉凶也。古之人無有也，學者不道也。

蓋帝堯長，帝舜短；文王長，周公短；仲尼長，子弓短。昔者，衞靈公有臣曰公孫呂，身長七尺，面長三尺，焉廣三寸，鼻、目、耳具，而名動天下。楚之孫叔敖，期思之鄙人也，突禿長左，軒較之下，而以楚霸。葉公子高，微小短瘠，行若將不勝其衣然；白公之亂也，令尹子西、司馬子期皆死焉，葉公子高入居楚，誅白公，定楚國，如反手爾，仁義功名善於後世。故士不揣長，不挈大，不權輕重，亦將志乎爾；長短、小大、美惡形相，豈論也哉？

古者，桀、紂長巨姣美，天下之傑也；筋力越勁，百人之敵也。然而身死國亡，為天下大僇，後世言惡，則必稽焉。是非容貌之患也。聞見之不眾，論議之卑爾！

荀子《非相》（節錄）

解讀《非相》前，先弄清荀子的思想主張。荀子屬儒學家派，同時也是唯物論的支持者。他反對「天命」、「鬼神」等迷信之說，凡事講究客觀、理性。緊捏着這基本線索，我們了解《非相》的內容便事半功倍了。

上作命名為《非相》，開首即云「相人，古之人無有也，學者不道也」，顧名思義，其所謂「相」，乃「相人之術」，即憑五官、骨骼等外貌因素推斷人的壽夭禍福等命運。而荀子本鄙薄命理之説，推崇理性思維，由是觀之，此作的內容主要是關於荀子對相術的否定、鞭撻。

另談古人「**理想類**」的行文方向。這類作品主要體現了作者有感眼前的狀況已屆無可挽救的地步，只好通過文字在現實以外尋找另一個出口，或尚友古人，或感物抒懷，從而表達個人的理想志向。對於這類作品，同學們可思考下列引導問題，加深對作品的瞭解：

1. 作者喜愛和厭惡甚麼種類的人、物或事？

2. 作者一生追求怎麼樣的生活或理想？

3. 承上，作者心中所求與身處的現實生活產生了甚麼衝突？

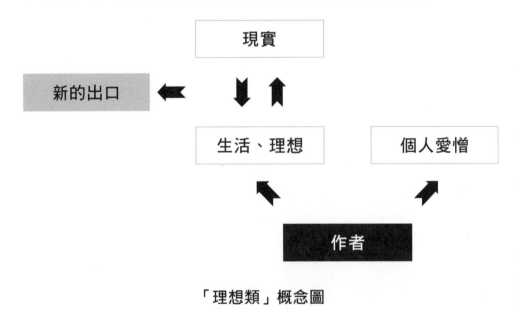

「理想類」概念圖

4. 承上，面對現實與理想間的矛盾衝突，作者找了個甚麼出口作心靈上的解脫？

　　茲以陶淵明的《詠荊軻》作範例，展示「**理想類**」作品的解讀技巧：

> 燕丹善養士，志在報強嬴。招集百夫良，歲暮得荊卿。
>
> 君子死知己，提劍出燕京；素驥鳴廣陌，慷慨送我行。
>
> 雄髮指危冠，猛氣衝長纓。飲餞易水上，四座列羣英。
>
> 漸離擊悲筑，宋意唱高聲。蕭蕭哀風逝，淡淡寒波生。
>
> 商音更流涕，羽奏壯士驚。心知去不歸，且有後世名。
>
> 登車何時顧，飛蓋入秦庭。凌厲越萬里，逶迤過千城。
>
> 圖窮事自至，豪主正怔營。惜哉劍術疏，奇功遂不成。
>
> 其人雖已沒，千載有餘情。

陶淵明《詠荊軻》

　　同樣地，解讀《詠荊軻》的文意前，不妨先梳理作者陶淵明的思想品格。陶淵明以「不為五斗米折腰」見稱。陶氏年少時已見盡官場的黑暗與虛偽，故大力抨擊，後更棄仕歸隱明志。儘管生活拮据，捉襟見肘，他仍堅持「衣食當須紀，力耕不吾欺」。同時，陶淵明早年的入仕之舉及其對社會實況的義憤填膺也壓根兒地反映着他那「為國為民」的儒家思想。

釐清陶淵明的思想品格後，我們便能更容易地解讀《詠荊軻》的內容了。「荊軻刺秦王」的典故可謂家喻戶曉。荊軻乃戰國末期的一名刺客，受燕國太子丹所託，入宮行刺秦王；雖事敗被殺，此事卻流露着他那勇抗暴秦、義不容辭的高尚品格，為後世稱頌。而陶淵明本具濟世為民、嫉惡如仇的俠義思想；因此，不難發現他借古代賢哲抒一己之愛恨，二者的思想情懷亦見不謀而合。

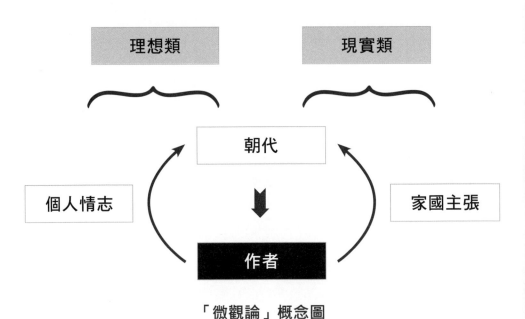

「微觀論」概念圖

其他方法

　　當然，同學們在理解文言文時難免會碰到「盲點」。所謂「盲點」，即同學們未必對該作者及其背景以至其相屬時代等事項那麼熟悉。另一方面，有些文言文純粹以事論事，文意的延伸性不大，無用我們動輒採「作者中心論」此法，只須稍稍運用自身的中國歷史文化認知，作品大意已然呼之欲出。茲以王安石的《讀孟嘗君傳》及石介的《辨惑》説明。先談王安石的《讀孟嘗君傳》：

　　世皆稱孟嘗君能得士，士以故歸之，而卒賴其力以脱於虎豹之秦。嗟乎！孟嘗君特雞鳴狗盜之雄耳，豈足以言得士？不然，擅齊之強，得一士焉，宜可以南面而制秦，尚何取雞鳴狗盜之力哉？夫雞鳴狗盜之出其門，此士之所以不至也。

王安石《讀孟嘗君傳》

註：
1) 特：只不過。
2) 雄：首領。
3) 擅：擁有。
4) 南面：古以坐北朝南為尊，代指帝位。
5) 出其門：出於孟嘗君的門下。

要理解上文，我們未必需從「作者」的角度切入，思索王安石的生平事跡、時代背景云云因素才行。相反，我們只需知道「雞鳴狗盜」的典故就可大概掌握作者的論見。「雞鳴狗盜」的典故源於孟嘗君為秦昭王扣留及追捕，幸分別得一食客潛入秦宮偷狐白裘，另一食客擅雞啼着函谷關守將早開城門，因而脫臉。

　　事實上，王安石是借「雞鳴狗盜」此故駁斥「世皆稱孟嘗君能得士」之説，指出所謂「士」者，不應只有一技之長，更應具經世濟時之才。而孟嘗君果真「能得士」的話，相信得士之效不僅限於脫險，更可雄霸天下，使秦國俯首稱臣。最後更畫龍點睛，道出孟嘗君之「養假士」，正是他「失真士」的根本原因。

　　再看石介的《辨惑》：

　　吾謂天地間必然無者有三：無神仙，無黃金術，無佛。然此三者，舉世人皆惑之，以為必有，故甘心樂死而求之。然吾以為必無者，吾有以知之。大凡窮天下而奉之者，一人也。莫崇於一人，莫貴於一人，無求不得其欲，無取不得其志。天地兩間，苟所有者，惟不索焉，索之莫不獲也。

　　秦始皇之求為仙，漢武帝之求為黃金，梁武帝之求為佛，勤已至矣。而秦始皇遠遊死，梁武帝飢餓死，漢武帝鑄黃金不成。推是而言，吾知必無神仙也，必無佛也，必無黃金術也。

石介《辨惑》

註：
1) 樂死而求之：即使死也要得到該事物。
2) 莫崇於一人：沒有比帝王更崇高。
3) 無求不得其欲：沒有慾望是無法得到滿足的。

　　閱讀上文，儘管我們不知道石介推崇韓昌黎的「道統論」、主張行文要言之有物等背景認知。然而，我們望文便得其意。文章起首即開門見山指出「吾謂天地間必然無者有三：無神仙，無黃金術，無佛」，後借秦皇求神仙、漢武求黃金術、梁武求佛皆無果的歷史事例，再次肯定自己的「三無」觀點。

　　由是觀之，除了上述重點介紹的「作者中心論」法外，有時候我們只須稍稍回想學過的中國歷史、文化或文學等知識，並套用於一些文言文中，也能收取「望文見意」的果效。

　　最後，同學們請謹記，學習文言文切忌「不學而務求道」，只有努力不懈地積累語文基礎及中國歷史文化等知識，臨陣時且靈活運用本著所授「語法」、「實詞」及「文史」三方面的技巧，同學們對文言文的解讀才能更立體、更精準，這樣才是戰無不勝之道。

文化要素　　學習篇

文化要素：學習

品德	閱讀	思考
勤學	語文知識：借事說理	後天努力的重要性

練習一：王安石《傷仲永》

作者簡介

　　王安石（1021 年 12 月 19 日～1086 年 5 月 21 日），為北宋著名的政治家、文學家、思想家，於神宗一朝曾主持過熙寧變法，但引起了「新舊黨爭」，朝廷保守勢力反對使變法最終失敗。王安石文采出眾，是唐宋古文八大家之一，著作甚多，多收錄在《臨川集》。

閱讀指引

　　本文以天才方仲永最終變得平庸的故事，藉此讓學生思考天資和後天努力哪一樣比較重要。

　　金溪¹民方仲永，隸世耕。仲永生五年，未嘗識書具，忽啼求之。父異焉，借旁近與之，即書詩四句，並自為其名。其詩以養父母、收族²為意，傳一鄉秀才觀之。自是指物作詩立就³，其文理皆有可觀者。邑人奇之，稍稍賓客其父，或以錢幣乞之。父利其然也，日扳⁴仲永環丐于邑人，不使學。

　　予聞之也久，明道中，從先人還家，於舅家見之，十二三矣。令作詩，不能稱前時之聞。又七年，還自揚州，復到舅家，問焉。曰：「泯然⁵眾人矣。」

　　王子曰：仲永之通悟，受之天也。其受之天也，賢於材人遠矣，卒之為眾人，則其受於人者不至也。彼其受之天也，如此其賢也不受之人，且為眾人。今夫不受之天，固眾人，又日日角受之人，得為眾人而已邪？

注釋：

1. 金溪：即今江西省東部的金溪縣。
2. 收族：團結族人。
3. 立就：立即完成。
4. 扳：帶着。
5. 泯然：完全消失的樣子。

：：：：：：：：：：：：：：：：：：：：：：：：：：：：：：：：：：：

借事說理

借事說理即是通過敍述事例，把抽象的道理具體地呈現出來。一般來說，借事說理有以下三種：

---

1. **先敍事後說理：**
   即故事分為兩部分，第一部分敍述故事，第二部分因應故事的內容而說明道理，條理分明。

---

2. **借助人物的話說明道理：**
   故事中的人物成為了說明道理的人，使道理清晰可見。

---

3. **把道理寄託在故事中：**
   文章中不會出現「說理」的部分，道理只會隱含在故事當中，需要讀者自行理解，比第一及第二種借事說理手法含蓄。

一、請解釋句中標有▲符號的字詞解釋。（10分，2分@）
（閱讀認知層次：理解）

1. 世隸耕 _____
   ▲

2. 忽啼求之日 _____
   ▲

3. 扳仲永環丐于邑人 _____
   ▲

4. 復到舅家 _____
　　▲

5. 卒之為眾人 _____
　　▲

二、請語譯以下句子。（6分）

（閱讀認知層次：理解）

1. 邑人奇之，稍稍賓客其父

_____

2. 其受之天也，賢於材人遠矣

_____

三、請判斷以下對本文內容的陳述，然後用筆塗滿與答案相應的圓圈；只可選一個答案，多選者不給分。（3分）

（閱讀認知層次：理解）

第二段中，可見：

	正確	部分正確	錯誤	無從判斷
仲永十二三歲時所作的詩仍依舊文采出眾；但二十歲時已與普通人沒有分別了。	○	○	○	○

四、請以完整句子回答以下問題。切勿抄錄原文。(15分)

1. 作者怎樣以正面和側面手法描寫仲永的天資聰穎？（3+3分）

   （閱讀認知層次：分析）

   _____

   _____

   _____

   _____

2. 文章題目為《傷仲永》，但行文中沒有出現過「傷」一字，你認為文中的「傷」體現在甚麼地方？（4分）

   （閱讀認知層次：分析）

   _____

   _____

   _____

   _____

3. 本文運用甚麼手法去說明道理？試解釋。（2+3分）

   （閱讀認知層次：分析）

   _____

   _____

   _____

   _____

請閱讀以下引文，並回答相關問題。

> 　　蜀[1]之鄙有二僧，其一貧，其一富。貧者語於富者曰：「吾欲之南海，何如？」富者曰：「子何恃而往？」曰：「吾一瓶一缽足矣。」富者曰：「吾數年來欲買舟而下，猶未能也。子何恃而往？」越明年，貧者自南海還，以告富者，富者有慚色。西蜀之去南海，不知幾千里也，僧之富者不能至，而貧者至焉。人之立志，顧不如蜀鄙之僧哉？
>
> 　　是故聰與敏，可恃而不可恃也；自恃其聰與敏而不學，自敗者也。昏與庸，可限而不可限也；不自限其昏與庸而力學不倦，自立者也。
>
> 彭端淑《為學一首示子姪》（節錄）
>
> 注釋：
> 1. 蜀：即今四川一帶。

五、請解釋句中標有▲符號的字詞解釋。（6分，2分@）
　　（閱讀認知層次：理解）

1. 子何**恃**而往 _____
　　　▲

2. **猶**未能也 _____
　▲

3. **顧**不如蜀鄙之僧哉 _____
　▲

六、請以完整句子回答以下問題。切勿抄錄原文。（10 分）

1. 文中的富和尚與窮和尚分別代表甚麼人？文中透過富和尚與窮和尚的故事說明甚麼道理？（2+4 分）

（閱讀認知層次：分析）

_____

_____

_____

_____

_____

2. 本文的寓意與《傷仲永》有甚麼相似的地方？（4 分）

（閱讀認知層次：分析）

_____

_____

_____

_____

_____

總分 ／50

文化要素：智慧

品德	閱讀	思考
修身	文言知識： 語氣助詞	養成良好的 學習習慣

練習二：劉蓉《習慣説》

作者簡介

劉蓉（1816～1873），字孟容，清代人，咸豐年間官至陝西巡撫，後被革職。劉蓉為人好學，著有《思辨錄疑義》、《養晦堂詩文集》等書。

閱讀指引

同學可思考本文藉敍述劉蓉年少時在養晦堂讀書的事件，以小見大，説明了甚麼有關習慣的道理。

蓉少時，讀書養晦堂[1]之西偏一室。俯而讀，仰而思；思有弗得，輒起繞室以旋。室有窪，徑尺，浸淫日廣。每履之，足苦躓[2]焉。既久而遂安之。

一日，父來室中，顧而笑曰：「一室之不治，何以天下家國為？」命童子取土平之。

後蓉復履其地，蹴然以驚，如土忽隆起者，俯視地，坦然則既平矣！已而復然，又久而後安之。

噫！習之中人甚矣哉！足履平地，不與窪適也；及其久而窪者若平，至使久而即乎其故，則反窒焉而不寧。故君子之學貴慎始。

注釋：
1. 養晦堂：劉蓉少時居室的名稱。
2. 躓：絆倒。

文言知識連線

語氣助詞

語氣助詞為文言虛詞的一種，通常用於句末以表示語氣，常見的有以下幾個。

1. **乎：表示疑問或反問，即「嗎」、「呢」。**
   例：「吾誰欺？欺天乎？」＝「我欺騙誰？欺騙上天嗎？」
   《論語・子罕》

2. **也：用於句末，表示肯定語氣，不用譯。**
   例：「陳勝者，陽城人也」＝「陳勝是陽城人。」
   《史記・陳涉世家》

3. **為：表示疑問，相當於「呢」。**
   例：「何以伐為？」＝為甚麼要討伐它呢？
   《論語・季氏》

4. **矣：表示感歎，相當於「了」、「啊」。**
   例：「泯然眾人矣。」＝他的才能完全消失，變得與普通人一樣了。
   《傷仲永》

5. **夫：表示感歎，相當於「啊」。**

例：「後之視今，亦由今之視昔，悲夫！」＝「後人看今人，也就像是今人看前人，可悲啊！」

《蘭亭集序》

6. **哉：表示強烈的感嘆，即「啊」；表示疑問或反問。**

例：「管仲之器小哉！」＝「管仲真小氣啊！」

《論語·八佾》

例：「顧不如蜀鄙之僧哉？」＝「難道不如四川偏遠地方的窮和尚嗎？」

《為學一首示子姪》

一、請解釋句中標有▲符號的字詞解釋。（10分，2分＠）

（閱讀認知層次：理解）

1. 俯而讀 _____
   ▲

2. 輒起繞室以旋 _____
           ▲

3. 蹴然以驚 _____
   ▲

4. 則反窒焉而不寧 _____
       ▲

5. 故君子之學貴慎始 _____
           ▲

二、請判斷以下各語氣助詞的意思。（6分，2分@）

1. 坦然則既平<u>矣</u> _____

2. 習之中人甚<u>矣哉</u>！ _____

三、請語譯以下句子。（6分）

（閱讀認知層次：理解）

1. 一室之不治，何以天下家國為？

_____

2. 足履平地，不與窪適也

_____

四、請判斷以下對本文內容的陳述，然後用筆塗滿與答案相應的圓
圈；只可選一個答案，多選者不給分。（3分）

（閱讀認知層次：理解）

「後蓉復履其地，蹴然以驚，如土忽隆起者，俯視地，坦然則既平
矣！」可見：

	正確	部分正確	錯誤	無從判斷
劉蓉因為地上又出現窪坑而大驚；但其實地上的窪坑已填平。	○	○	○	○

五、請把合適的內容填在空格內。切勿抄錄原文。（16分）

（閱讀認知層次：理解＋分析）

文中提及的習慣是甚麼？

	第一次	第二次
室內地上的情況	室有窪坑	_____ （2分）
作者最初踩到的反應	_____ （2分）	_____ （2分）
作者之後踩到的反應	_____ （2分）	時間一久就習慣了

說明的道理：

習慣一旦_____（2分），就難以_____（2分），

因此在最初就要_____（4分）。

請閱讀以下引文，並回答相關問題。

　　浦陽[1]鄭君仲辨，其容闐然[2]，其色渥然[3]，其氣充然，未嘗有疾也。左手之拇有疹焉，隆起而粟。君疑之，以示人，人大笑，以為不足患。既三日，聚而如錢。憂之滋甚，又以示人，笑者如初。又三日，拇指大盈握，近拇之指皆為之痛，若剟刺狀，肢體心膂[4]無不病者。懼而謀諸醫，醫視之，驚曰：「此疾之奇者，雖病在指，其實一身病也，不速治，且能傷身。然始發之時，終日可瘳；三日，越旬可瘳；今疾且成，已非三月不能瘳。終日可瘳，艾可治也；越旬而瘳，藥可治也；至於既成，甚將延乎肝膈，否亦將為一臂之憂。非有以御其內，其勢不止；非有以治其外，疾未易為也。」君從其言，日服湯劑，而傅以善藥，果至二月而後瘳，三月而神色始復。

方孝孺《指喻》（節錄）

注釋：
1. 浦陽：今浙江義烏縣。
2. 闐然：粵音 tin[4]（田），充滿的樣子，形容鄭君身體強壯。
3. 渥然：紅潤的樣子。
4. 膂：粵音 leoi[3]（旅），指脊梁骨。

六、請解釋句中標有▲符號的字詞解釋。（6分，2分@）

（閱讀認知層次：理解）

1. 憂之滋甚 ＿＿＿＿＿＿＿＿＿＿＿＿＿＿＿＿＿＿＿＿＿＿
　　　▲

2. 已非三月不能瘳 ＿＿＿＿＿＿＿＿＿＿＿＿＿＿＿＿＿＿＿
　　　　　　▲

3. 而傅以善藥 ＿＿＿＿＿＿＿＿＿＿＿＿＿＿＿＿＿＿＿＿
　　　▲

七、請把合適的內容填在空格內。切勿抄錄原文。（17分）

試整理《指喻》一文的內容：

	起初	過了三日	又過了三天
左手拇指的病情	- - - - - - - - - - - - （2分）	- - - - - - - - - - - - （2分）	拇指像拳頭一樣大， - - - - - - - - - - - - （2分）都痛起來。
醫治時間	- - - - - - - - - - - - （1分）	- - - - - - - - - - - - （1分）	- - - - - - - - - - - - （1分）
醫治方法	- - - - - - - - - - - - （2分）	以藥草來治	- - - - - - - - - - - - （2分）

說明的道理：

＿＿＿＿＿＿（2分）在一開始就要杜絕，否則＿＿＿＿＿＿（2分）。

八、請以完整句子回答以下問題。切勿抄錄原文。（4分）

《指喻》説明的道理與《習慣説》的有何異同？（4分）

_____

_____

_____

_____

_____

_____

_____

_____

總分	╱62

品德	閱讀	思考
勤	語文知識： 人物描寫的手法	學習的態度 及方法

練習三：歐陽修 《賣油翁》

作者簡介

歐陽修（1007～1072），字永叔，號醉翁，晚號六一居士，北宋人。他是著名的政治家、文學家、史家，官至翰林學士、樞密副使、參知政事。他是「唐宋古文八大家」之一，文采出眾，並領導了北宋詩文革新運動，他曾主修《新唐書》，並獨自撰寫《新五代史》，在史學方面亦有很高的成就。

閱讀指引

《賣油翁》是一則寓言故事，當中講述了陳堯咨射箭和賣油翁酌油的事，同學可思考本文透過賣油翁往錢孔滴油技能的描寫及其言論來說明甚麼道理。此外，本文的人物描寫亦相當傳神，同學亦可分析文章運用了甚麼手法。

　　陳康肅公堯咨[1]善射，當世無雙，公亦以此自矜。

　　嘗射余家圃，有賣油翁釋擔而立，睨之，久而不去，見其發矢時十中八九，但微頷之。

　　康肅問曰：「汝亦知射乎？吾射不亦精乎？」翁曰：「無他，但手熟爾。」康肅忿然曰：「爾安敢輕吾射！」翁曰：「以我酌[2]油知之。」乃取一葫蘆置於地，以錢覆其口，徐以杓[3]酌油瀝[4]之，自錢孔入，而錢不濕。因曰：「我亦無他，惟手熟爾。」康肅笑而遣之。

　　　　　　　　　　　　　　歐陽修《賣油翁》

注釋：
1. 陳康肅公堯咨：即陳堯咨，北宋人，為翰林學士、右諫議大夫，諡號康肅。
2. 酌：舀起液體並倒進容器。
3. 杓：舀取液體的器具。
4. 瀝：注入。

人物描寫

　　人物描寫是一種常見的手法，以刻畫人物的性格形象，而人物描寫分以下四種：

---

1. 外貌描寫：即描寫人物的外貌。

　　例：畫中人瓜子臉，面額粉嫩如初春的櫻花，一雙翦水秋瞳活靈活現，炯炯有神，高而挺拔的小鼻子，再配着櫻桃小嘴，堪稱絕色佳人，她一個梨渦淺笑，使六宮粉黛無顏色。

---

2. 語言描寫：即以人物的說話突顯他的性格。

　　例：「你到底在做甚麼！我早說不用幫我倒水，你是故意找茬的？」

　　＊可見此人不講道理的性格。

---

3. 行為描寫：即以人物的動作／行為突顯他的性格。

　　例：她邊說邊替他拭去汗水，她的動作很輕很溫柔，怕令他痛上加痛。

　　＊可見此人細心的一面。

---

4. 心理描寫：即描寫人物的心理活動。

　　例：我一邊對老闆奉承道：「老闆你真是有遠見，你的意見對我們非常有幫助。」另一邊我在想：「整天只會講無聊的意見，還要我們附和他。」

　　＊可見此人表裏不一。

一、請解釋句中標有▲符號的字詞解釋。（10分，2分@）

（閱讀認知層次：理解）

1. 陳康肅公堯咨善射 _____
　　　　　▲

2. 公亦以此自矜 _____
　　　　　▲

3. 睨之 _____
　▲

4. 但微頷之 _____
　　　▲

5. 康肅忿然曰 _____
　　　▲

二、請語譯以下句子。（3分）

1. 爾安敢輕吾射！

_____

三、請判斷以下對本文內容的陳述，然後用筆塗滿與答案相應的圓
　　圈；只可選一個答案，多選者不給分。（3分）

（閱讀認知層次：理解）

「見其發矢時十中八九，但微頷之。」一句：

	正確	部分正確	錯誤	無從判斷
指出陳堯咨射箭時十次有八九次射中；賣油翁點頭反映他讚許陳堯咨。				

四、請以完整句子回答以下問題。切勿抄錄原文。（16分）

1. 文中如何運用正面的手法去描寫陳堯咨善射？（2+2分）

   （閱讀認知層次：分析）

   _____

   _____

   _____

   _____

2. 文中說陳堯咨以自己的箭術而自豪，文中有甚麼事件表現出他這
   種態度？（2+2分）

   （閱讀認知層次：分析）

   _____

   _____

   _____

   _____

3. 為甚麼文章以賣油翁瀝油一事為敍事的重點，並以「賣油翁」為
   題？（4分）

   （閱讀認知層次：分析）

   _____

   _____

   _____

   _____

4. 賣油翁如何以瀝油一事說明道理？（4分）

（閱讀認知層次：理解）

_____

_____

_____

_____

_____

總分	/32

速讀篇

一、單字擴充

　　承上冊所言，古人用字量少，尚以單音節詞行文，與現代漢語（以多音節詞為主流）相較，實是迥然不同。為了更快速及準確地還原文言文的意涵，我們可通過「擴法」把單音節詞擴充至多音節詞，即為單音節詞（於前方或後方）補上其他單字，變成多音節詞，又確保不失其義，是例如下：

　　令既具，未布，恐民之不信，已乃立三丈之木於國都市南門，募民有能徙置北門者予十金。

司馬遷《史記・商君列傳》

單音節詞	多音節詞
令	法令
布	公佈
恐	恐怕
立	豎立
募	招募
予	賞予

兄於十字路口起造茅茨一間，每年不勝其利。弟亦於路口做茅茨，用石灰粉壁，繪畫乾淨。過者疑為廟宇，往來無一解手。

毛煥文《增補萬寶全書》

單音節詞	多音節詞
粉	粉刷、粉飾
疑	懷疑、疑慮

司馬溫公幼時，患記問不若人。羣居講習，眾兄弟既成誦，遊息矣；獨下帷絕編，迨能倍誦乃止。用力多者收功遠，其所精誦，乃終身不忘也。

朱熹《三朝名臣言行錄·司馬光好學》

單音節詞	多音節詞
問	學問
遊	遊戲
息	休息
下	放下
止	停止
功	功效
遠	宏遠

「擴法」為速讀文言文的第一步，此技巧也相對容易理解和掌握，惟考讀者之配詞能力。詞庫豐富者無疑對此法駕輕就熟。而「擴法」尤能解決文言文中「古今異義」衍生的問題。是例如下：

且燕趙處秦革滅殆盡之際，可謂智力孤危，戰敗而亡，誠不得已。苟以天下之大，而從六國破亡之故事，是又在六國下矣。

蘇洵《六國論》

以蘇洵之《六國論》作例，倘從現代漢語的角度理解，讀者多理解「**智力**」為「智商所達的程度」；「**故事**」為「憑空想像的事兒」。然而，這樣理解的話就與原意相悖了。要知道古人慣用單音節詞，故我們也應通過「擴法」還原文意：

單音節詞	多音節詞
智力	智謀和力量
故事	過去的事例

若冰霜剝落，則生意蕭索，日就枯槁矣。

王守仁《訓蒙大意》

另參王守仁《訓蒙大意》一例，倘理讀「**生意**」為行商買賣，惟恐不合文意。事實上，把「**生意**」二字分拆，再補上相關詞語，大概是「生長的意欲」，亦即為「生機」。這樣，文句便通了。

父子不相見，兄弟妻子離散。

《孟子‧梁惠王下》

再通過「擴法」解讀上例，「**妻子**」便不單是指「妻」，而是「妻子與兒女」了。

依乎天理，批大郤，導大窾。

《莊子‧庖丁解牛》

通過「擴法」獨立為「**天**」、「**理**」二字填補相關的詞語，便是「天然的肌理」，而非今人所認知「自然法則」的意思了。

「突圍潰陣，得保首領乎？」曰：「能。」王顧左右曰：「姑試之。」

宋濂《秦士錄》

上例云及之「**首領**」非指「某組織的領導者」，反應通過「擴法」解讀為「頭部、頸部」，泛指「**性命**」。

練習 1

試利用「擴法」為以下帶「·」詞語填上合適的詞語。

1. 視駝（郭橐駝）所種樹，無不活，且碩茂。有問之，對曰：「橐駝非能使木壽且孳也，能順木之天，以致其性焉爾。」（柳宗元《種樹郭橐駝傳》）

   順：＿＿＿＿＿＿＿＿＿＿＿＿＿＿；天：＿＿＿＿＿＿＿＿＿＿＿＿＿＿

2. 昔有長者子，入海取沉水，方得一車，詣市賣之，以其貴故，卒無買者。（僧伽斯《百喻經》）

   故：＿＿＿＿＿＿＿＿＿＿＿＿＿＿＿＿＿＿＿＿＿＿＿＿＿＿＿＿＿＿＿

3. 哀公問於孔子曰：「吾聞夔一足，信乎？」曰：「夔，人也，何故一足？彼其無他異，而獨通於聲。堯曰：『夔一而足矣。』故君子曰：『夔有一足。』非一足也。」（《韓非子》）

   異：＿＿＿＿＿＿＿＿；通：＿＿＿＿＿＿＿＿＿；足：＿＿＿＿＿＿＿＿

4. 越工善為舟，越王用之良，命廩人給上食。（劉基《郁離子·越工善為舟》）

   上食：＿＿＿＿＿＿＿＿＿＿＿＿＿＿＿＿＿＿＿＿＿＿＿＿＿＿＿＿＿＿

二、句子成分擴充

　　承上冊所言，文言省略的現象十分普遍，卻也萬變不離其宗。同學們利用上冊所授之「承前式」、「蒙後式」等法作訊息（主語、謂語、賓語等）填補前有一前提，那就是必須通過以下三個問題確保自身掌握幾項關鍵的資訊：

1. **誰（或甚麼）做某事情**（或是甚麼）？（應對主語省略的情況）

2. 陳述對象**做甚麼事情（或是甚麼）**？（應對謂語省略的情況）

3. **受動詞支配、關涉的對象**是誰（或甚麼）？（應對賓語省略的情況）

　　完成上述步驟後，一旦發現句子出現資訊缺漏的情況，無法呈現「主 — 謂 — 賓」的基本句子結構時，我們便可通過上文下理把文中省略的部分重新推敲出來。例見洪邁《張五不復獵》：

　　休寧縣有村民張五，（誰）以獵為生，張嘗逐一母鹿。鹿將二仔行，（甚麼）不能速，遂為張五所及。母鹿度不可免，（甚麼）顧旁有浮土，乃引二子下，擁土覆之，而身投於張五網中。值張母出戶，（誰）遙望見，遂奔至網所，具以所見告子。（誰）即破網出鹿，並二仔亦縱之。張母曰：「人有母子之情，畜亦有之。吾不忍母死仔孤，故破網縱母鹿。」

洪邁《張五不復獵》

通過提問，我們在《張五不復獵》一例數見主語省略之象，茲通過上文下理重新呈現文中省略的部分：

　　休寧縣有村民張五，（**張五**）以獵為生，張嘗逐一母鹿。鹿將二仔行，（**母鹿**）不能速，遂為張五所及。母鹿度不可免，（**牠或母鹿**）顧旁有浮土，乃引二子下，擁土覆之，而身投於張五網中。值張母出戶，（**張五的母親**）遙望見，遂奔至網所，具以所見告子。（**張五的母親**）即破網出鹿，並二仔亦縱之。張母曰：「人有母子之情，畜亦有之。<u>吾不忍母死仔孤，故破網縱母鹿</u>。」

　　在數處的補缺下，段落的資訊便更齊全了。值得注意的是，同學多在「**即破網出鹿，並二仔亦縱之**」此地方出錯，誤以為「破網人」是張五。然而，我們稍加運用「承前式」，便可得知句子的陳述對象自「**值張母出戶**」起已轉為「**張五的母親**」。另我們又可通過「蒙後式」發現張母對兒子的剖白含「**吾不忍母死仔孤，破網縱母鹿**」的線索。因此「破網人」應為**張五的母親**而非張五。

練習 2

試在下列各題的括號內填上省略了的詞語。

1. 三人行必有我師焉，擇其善者而從之，（　　　　）其不善者而改之。（《論語》）

2. 尉劍挺，廣起，奪（　　　　）而殺尉。（司馬遷《陳涉世家》）

3. 楚富者，牧羊九十九，而願百。（　　　　）嘗訪邑里故人，其鄰人貧有一羊者，富拜之。（梁元帝《金樓子》）

4. 宋有澄子者，亡緇衣，（　　　　）求之塗。（　　　　）見婦人衣緇衣，（　　　　）援而弗舍，欲取其衣。（《呂氏春秋‧審應》）

　　除了「單字填補」的方法外，速讀文言文時，我們也應習慣把文言單字轉換成現代詞語，如把「目」換成「眼睛」、「寐」換成「睡覺」、「涕」換成「眼淚」、「既」換成「已經」、「斯」換成「這樣」、「楫」換成「船槳」、「擘」換成「分裂」等等。

　　此外，我們也可**觀乎文本的語境，作出調整，把文言單詞轉換為意思上大同小異的詞語**，這就是「換法」，是例見下：

　　人有從學者，遇不肯教，而云：「必當先讀百遍！」言：「讀書百遍，其義自見。」從學者云：「苦無日。」

陳壽《讀書三餘》

　　上例「**苦無日**」之「**日**」字，通過「擴法」可配成「日子」、「日期」等詞語。可是，套用相關詞語不全然與語境相襯。而「**日**」字與「光陰」的概念互相黏連，故可轉換為「時」，譯作「時間」，這樣就文從字順了。

　　蔡璘，重諾責，敦風義。有友某以千金寄之，不立券。亡何，其人亡，蔡召其子至，歸之，愕然不受，曰：「嘻！無此事也，安有寄千金而無券者？且父未嘗語我也。」

徐珂《清稗類鈔》

參《清稗類鈔》，「**父未嘗語我**」之「**語**」字於「擴法」下可配搭為「言語」，然此詞與語境未盡相符，另「**語**」字置於賓語「**我**」字前，應化作動詞，轉換為「告知」、「告訴」。

　　宮（承宮）過其廬下，見諸生講誦，好之，因棄豬而聽經。豬主怪不還，行索，見宮，欲笞之。門下生共禁止，因留精舍門下，拾薪，**執苦**數年，遂通經。

《東觀漢記》

　　承上例，承宮精通經書《春秋》前，曾先於徐子盛的門下工作。在此語境下，我們便不能單靠「擴法」把「**執苦**」擴充成多音節詞。事實上，「**執**」義可與「行動」相關，而「**苦**」字可理解為「粗活」。因此，我們可把「**執苦**」轉換為「幹粗活」。

練習 3

　　試利用「換法」為以下帶「·」詞語填上適當的詞義。

1. 邴原舊能飲酒，自行之後，八九年間，酒不向口。（《三國志·邴原戒飲》）

   舊：＿＿＿＿＿＿＿＿＿＿＿＿＿＿＿＿＿＿＿＿＿＿＿＿

2. 齊人有好詬食者，每食必詬其僕，至壞器投匕箸，無空日。（劉基《郁離子·詬食》）

   空：＿＿＿＿＿＿＿＿＿＿＿＿＿＿＿＿＿＿＿＿＿＿＿＿

3. 昔者有饋生魚於鄭子產，子產使校人畜之池。（孟子《校人烹魚》）

   使：＿＿＿＿＿＿＿＿＿＿＿＿＿ ；畜：＿＿＿＿＿＿＿＿＿＿＿＿＿

4. 一人曰：「吾弓良，無所用矢。」一人曰：「吾矢善，無所用弓。」羿聞之曰：「非弓何以往矢，非矢何以中的？」令合弓矢，而教之射。（胡非子《弓與矢》）

   非：＿＿＿＿＿＿＿＿＿＿＿＿＿ ；往：＿＿＿＿＿＿＿＿＿＿＿＿＿

調法

「調法」主要用作應對文言語序倒置的現象。而云云速讀技巧中，「調法」是一套學生相對容易掌握的方法。為甚麼？

那就是因為現代語言習慣的逆向（即相反）就是古代文言中語序倒置的情況了。因此，同學們稍稍運用現代語感，瞬息便能找出文言語序倒置的位置。另古代文言語序倒置的種類不多，同學們只須掌握以下 4 種語序倒置的情況，速讀文言文便事半功倍了。以下為古今文言語序比較圖：

句子成分	例句
謂語	（古）**十分喧鬧**圖書館裏的兒童閣。
	（今）圖書館裏的兒童閣**十分喧鬧**。
賓語	（古）飛虎隊已重重**那數十名悍匪**包圍。
	（今）飛虎隊已重重包圍**那數十名悍匪**。
定語	（古）這可是一頭母豬**肥壯的**呢！
	（今）這可是一頭**肥壯的**母豬呢！
狀語	（古）世界衛生組織召開會議**在法國巴黎**。
	（今）世界衛生組織**在法國巴黎**召開會議。

相信同學們已明瞭古今語序的分野。現在就讓我為大家示範如何通過「調法」在下列 4 種常見情況重新安排符合現代漢語標準的語序：

一、謂語類

　　古代漢語與現代漢語相類，一般情況下，其謂語皆置於主語後。然而，有時為了強調謂語部分，古人喜把謂語置於主語之前，是為「謂語前置」。而此情況多體現於**疑問句**、**感嘆句**這類句式。那我們可憑甚麼端倪辨別該句屬「謂語前置」類，從而還原句子的語序？

　　第一，我們可通過**「句讀」**辨別該句屬「謂語前置」類，並還原句子語序：

　　河曲智叟笑而止之，曰：「<u>甚矣，汝之不惠</u>！以殘年餘力，曾不能毀山之一毛，其如土石何？」

列子《愚公移山》

　　句子若為「謂語前置」類，會通過句讀把主謂二語分隔，且謂語置前，主語在後。參《愚公移山》一例，還原語序（主在前，謂在後）後，**「甚矣，汝之不惠」**一句應轉為**「汝之不惠甚矣」**，意即「你的不智達到極點了」。

第二，我們可通過**「助詞」**辨別句子是否屬於「謂語前置」類。古人為突出中心語（如謂語、短語等），多利用助詞（如感嘆詞、疑問詞等）把中心語及主語分隔：

公坐於路寢，曰：「<u>美哉其室</u>，將誰有此乎？」

《晏子春秋・外篇第七》

參《晏子春秋》一例，「**哉**」為感嘆詞，其前為謂語，其後為主語。還原語序（主在前，謂在後）後，**「美哉其室」**一句轉為**「其室美哉」**，意即「這個房屋真美呀」。

練習 4

試還原並語譯那些語序倒置了的句子。

1. 「吾時俯而不答。異哉此人之教子也！若由此業自致卿相，亦不願汝曹為之。」（顧炎武《廉恥》）

   語序：<u>（例）此人之教子異哉也</u>；句意：_____

2. 韓子聞之曰：「群臣失禮而弗誅，是縱過也。有以也夫，平公之不霸也。」（《淮南子‧齊俗訓》）

   語序：_____；句意：_____

3. 少頃，東郭牙至。管子曰：「子耶，言伐莒者？」（《呂氏春秋‧重言篇》）

   語序：_____；句意：_____

4. 王笑曰：「是誠何心哉！我非愛其財而易之以羊也，宜乎百姓之謂我愛也。」（《孟子‧梁惠王》）

   語序：_____；句意：_____

二、賓語類

　　一般情況下，賓語受謂語（如動詞）支配，故多緊隨謂語之後。除此之外，文言文還有一種特殊語序，那就是「賓語前置」。那我們可從甚麼線索辨別「謂語前置」的情況，並還原句子的語序？

　　古人行文時會把賓語置於謂語（如動詞）或介詞前，令同學們產生一種「雙主語」的錯覺。現在就為同學們展示文言文中「賓語前置」的概念：

　　例子（賓語置於謂語前）

　　（古）昨天**我***圖書*歸還了。

　　（今）昨天**我**歸還了*圖書*。

> 「我」是主語；
> 「圖書」是賓語。

　　例子（賓語置於介詞前）

　　（古）**我***好友*和參加步行籌款。

　　（今）**我**和*好友*參加步行籌款。

　　因此，當同學們遇見一些出現了「雙主語」（主 ― 賓 ― 謂）現象的句子，不妨把它們還原作「主 ― 謂 ― 賓」的句式，例見彭端淑之《為學》：

蜀之鄙有二僧：其一貧，其一富。貧者語於富者曰：「吾欲之南海，何如？」富者曰：「子何恃而往？」曰：「吾一瓶一缽足矣。」

彭端淑《為學》

承上例，疑問代詞「何」字充當賓語，置於謂語「恃」字之前，緊隨「子」後，造成「雙主語」的假象，同學們只需把它們的位置逆轉，變為「子恃何而往」，意即「你憑著甚麼前往呢」，便可。又見下例：

然則何時而樂耶？其必曰「先天下之憂而憂，後天下之樂而樂」歟？噫！微斯人，吾誰與歸？

范仲淹《岳陽樓記》

同樣地，上例「誰」字充當賓語，緊隨「吾」後，置於介詞「與」前，造成「雙主語」的假象，同學們只要還原回現代漢語的語序，變成「吾與誰歸」便可，通句大意為「沒有這樣（憂國憂民）的人，我還可以和誰在一起呢？」

那麼，文言的否定句會有分別嗎？答案是沒有。即使句子中多了「不」、「沒有」、「莫」等否定意思的副詞，句子中的賓語依然是置於謂語前。

例子

（古）爸爸不煙吃了。

（今）爸爸不吃煙了。

（鄒忌）謂其妻曰：「我孰與城北徐公美？」其妻曰：「君美甚，徐公何能及君也？」城北徐公，齊國之美麗者也。<u>忌不自信</u>。

《鄒忌諷齊王納諫》

參照上例，「**忌不自信**」為否定句，屬「賓語前置」類，賓語「**自**」置於謂語「**信**」前，只須把它還原成現代漢語的語序「**忌不信自**」便可，意謂「鄒忌不相信自己（比徐公俊美）」。

試還原並語譯那些語序倒置了的句子。

1. 亮躬耕隴畝，每自比於管仲、樂毅，時人莫之許也。（《三國志·諸葛亮傳》）

   語序：＿＿＿＿＿＿＿＿＿＿＿；句意：＿＿＿＿＿＿＿＿＿＿＿

2. 君亡之不恤，而群臣是憂，惠之至也。（《左傳·僖公十五年》）

   語序：＿＿＿＿＿＿＿＿＿＿＿；句意：＿＿＿＿＿＿＿＿＿＿＿

3. 碩鼠碩鼠，無食我黍。三歲貫汝，莫我肯顧。（《詩經·碩鼠》）

   語序：＿＿＿＿＿＿＿＿＿＿＿；句意：＿＿＿＿＿＿＿＿＿＿＿

4. 孔子曰：「無乃爾是過與？夫顓臾，是社稷之臣也，何以伐為？」
   （《論語·季氏》）

   語序：＿＿＿＿＿＿＿＿＿＿＿；句意：＿＿＿＿＿＿＿＿＿＿＿

三、定語類

　　文言世界中有一種特殊語序，其對讀者理解文意的影響相對地少，那就是「定語後置」。定語（如形容詞等）一般置於主語或賓語前，不過，有時為了突出主語或賓語，古人往往把定語置於後方。但是，正正因為中心語與定語的性質與作用互不抵觸：中心語傳遞核心訊息；定語起修飾作用，兩者相輔相成。所以，如果同學們未還原語序，也可大概掌握句意。事例如下：

<u>石之鏗然有聲者</u>，所在皆是也，而此獨以鍾名，何哉？

蘇軾《石鐘山記》

　　《石鐘山記》一例，「**石之鏗然有聲者**」呈「定語後置」的情況，還原語序（定語 — 主語）後，應為「**鏗然有聲之石者**」，意謂「經敲打會發出鏗鏘聲音的石頭」。又見《勸學》一例：

<u>蚓無爪牙之利，筋骨之強</u>，上食埃土，下飲黃泉，用心一也。

荀子《勸學》

　　把「定語前置」了的「**蚓無爪牙之利，筋骨之強**」一句作語序還原後，應為「**蚓無利之爪牙，強之筋骨**」。而比較還原前後的模樣，句意也沒大分別。

練習 6

試還原並語譯語序倒置的句子。

1. 峰迴路轉，有亭翼然，臨於泉上者，醉翁亭也。（歐陽修《醉翁亭記》）

   語序：_____；句意：_____

2. 村中少年好事者，馴養一蟲，自名「蟹殼青」，日與子弟角，無不勝。（蒲松齡《聊齋‧促織》）

   語序：_____；句意：_____

3. 頃之，煙炎張天，人馬燒溺死者甚眾。（《資治通鑑‧赤壁之戰》）

   語序：_____；句意：_____

4. 馬之千里者一食或盡粟一石。（韓愈《馬說》）

   語序：_____；句意：_____

四、狀語類

與現代漢語一樣,古人會把狀語置於動詞或形容詞面前,起修飾作用,以補足中心語於動作、處所、程度、時間、範圍等方面的資訊。不過,基於行文目的及需要,古人有時候又會把狀語放在動詞或形容詞後,此為「狀語後置」。那麼辨別出「狀語後置」並把其語序還原的關鍵是甚麼?

關鍵就是在於緊接着謂語(動詞)後的**虛詞(或曰介詞)**了。古人喜把文言虛詞與一個名詞配搭,組合成「介賓短語」,並放於謂語之後。而「狀語後置」的現象多體現於以下 3 種語境:

第一,表示處所。

薛譚學謳於秦青,未窮秦青之技,自謂盡之,遂辭歸。秦青弗止。餞於郊衢,撫節悲歌,聲振林木,響遏行雲。薛譚乃謝求反,終生不敢言歸。

《列子‧湯問‧薛譚學謳》

註:
1) 謳:歌唱。

在這個語境下,後置了的狀語中所包含的除了是一個虛詞外,還有一個地方名詞,以補足「在哪裏做某事」的資訊。我們只需把介賓短語重調於謂語之前,從「**餞於郊衢**」變為「**於郊衢餞**」便可,其句意為「於郊外大道為他餞行」。

第二，表示動作方式。

左右以君賤之也，<u>食以草具</u>。居有頃，倚柱彈其劍，歌曰：「長鋏歸來乎，食無魚！」左右以告，孟嘗君曰：「食之比門下之客。」

《戰國策・馮煖客孟嘗君》

這類語境的「狀語後置」句在文言世界中十分普遍。緊隨着謂語（動詞）後的介賓短語常包含一個虛詞和一個工具或物件等相關的名詞，以補足「用甚麼東西完成動作」或「用甚麼工具達到某目的」的意思。承上，我們只須把介賓短語置於謂語之前，從「**食以草具**」變為「**以草具食**」便可，其句意為「給粗茶淡飯予他（馮煖）吃」。

第三，表示比較。

生乎吾前，<u>其聞道也固先乎吾</u>，吾從而師之；生乎吾後，其聞道也亦先乎吾，吾從而師之。

韓愈《師說》

當作比較時，古人也多在句子中作「狀語後置」的處理，以補足「比某人、事、物更怎麼樣」的資訊。我們可把介賓短語重放在謂語前，從「**其聞道也固先乎吾**」變為「**其固先乎吾聞道也**」便可，其句意概指「他固然（或本來）比我早懂得知識和道理」。

練習 7

試還原並語譯語序倒置的句子。

1. 至唐李渤始訪其遺蹤，得雙石於潭上，扣而聆之，南聲函胡，北音清越，桴止響騰，餘韻徐歇。（蘇軾《石鐘山記》）

   語序：＿＿＿＿＿＿＿＿＿＿；句意：＿＿＿＿＿＿＿＿＿＿＿

2. 蟲宛然尚在。喜而捕之，一鳴輒躍去，行且速。覆之以掌，虛若無物；手裁舉，則又超忽而躍。（蒲松齡《聊齋‧促織》）

   語序：＿＿＿＿＿＿＿＿＿＿；句意：＿＿＿＿＿＿＿＿＿＿＿

3. 青，取之於藍而青於藍；冰，水為之而寒於水。（荀子《勸學》）

   語序：＿＿＿＿＿＿＿＿＿＿；句意：＿＿＿＿＿＿＿＿＿＿＿

4. 一屠晚歸，擔中肉盡，止剩骨。途遇兩狼，屠懼，投以骨。（蒲松齡《聊齋‧狼》）

   語序：＿＿＿＿＿＿＿＿＿＿；句意：＿＿＿＿＿＿＿＿＿＿＿

去法

「去法」，即去掉修飾文意的額外資料，如附加成分（即定語、狀語、補語）、虛詞等，僅保留基本訊息，如主幹成分（主語、謂語、賓語）等。要留意的是，所謂「去」指的是「暫去」、「待用」，並非完全刪除。往後我們或許須依靠暫時去掉的補充資料進一步理解文意。

那麼，「去法」有甚麼好處？第一，為文言篇章去蕪存菁，通過「去法」的解構，重現文言文的核心訊息；第二，去留句子成分的過程中，同學們更能掌握文言單字的詞性，推敲字義時事半功倍，尤能解決詞類活用等文言現象為讀者帶來的困難。例見曾國藩之《諭子紀鴻》：

家中之來營者，多稱爾舉止大方，余為少慰。凡人多望子孫為大官，余不望為大官，但願為讀書明理之君子。勤儉自持，習勞習苦，可以處樂，可以處約，此君子也。余服官二十年，不敢稍染官宦氣息，飲食起居，尚守寒素家風；極儉也可，略豐也可，太豐則我不敢也。

使用「去法」後：

~~家中~~之來營者，多稱爾舉止~~大方~~，余為少慰。凡人多望子孫為大官，余不望~~為大官~~，但願為讀書明理之君子。~~勤儉自持，習勞習苦，可以處樂，可以處約，此君子也。~~（解釋「君子」之定義，故亦可暫去之）余服官~~三十~~年，不敢~~稍~~染官宦氣息，飲食起居，~~尚守寒素~~家風；~~極~~儉也可，~~略~~豐也可，太豐~~則~~我不~~敢也~~。

通過「去法」，過濾了修飾文意的額外資料，《諭子紀鴻》的核心訊息便呼之欲出了，我們可精要的掌握曾國藩對兒子的教誨及對其德行的期望。 又見羅隱《越婦言》一例：

一旦，去妻言於買臣之近侍曰：「吾秉箕帚於翁子左右者，有年矣。每念饑寒勤苦時節，見翁子之志，何嘗不言通達後以匡國致君為己任，以安民濟物為心期。而吾不幸離翁子左右者，亦有年矣，翁子果通達矣。天子疏爵以命之，衣錦以晝之，斯亦極矣。而向所言者，蔑然無聞。豈四方無事使之然耶？豈急於富貴未假度者耶？」

註：
1) 去妻：前妻。
2) 秉箕帚：拿着簸箕、掃帚，泛指家居雜務。
3) 翁子：妻子對丈夫的稱呼。

使用「去法」後：

~~一旦~~，去妻言於~~買臣~~之近侍曰：「吾秉箕帚於翁子~~左右者~~，~~有年矣~~。每念~~饑寒~~勤苦時節，見翁子之志，何嘗不言~~通達~~後以匡國致君為己任，~~以安民濟物為心期~~。~~而吾~~不幸離翁子~~左右者~~，~~亦有年矣~~，翁子果通達矣。天子~~疏爵~~以命之，~~衣錦以晝之~~，斯~~亦極矣~~。而向所言者，~~蔑然~~無聞。豈四方無事~~使之~~~~然耶~~？~~豈急於富貴未假度者耶~~？」

如上例「去法」之示範，把附加成分、虛詞等修飾文意的資料暫時去掉，並保留基本成分後，我們便能掌握作者的寫作意圖：通過朱買臣前妻的剖白，指斥朱氏假意為國為民，直為求富貴，批判其虛偽的本質。值得注意的是，除了修飾文意的資料外，我們又可如上例般把對偶二句中的其中一個句子暫時去掉，原因在於對偶句子表達相關意義，內容互相補足，大同小異，故暫時把它過濾，也不影響文意之解讀。

參閱《張佐治遇蛙》一文，試根據指示完成下列各題。

1a. 試利用「去法」把下文修飾文意的資料去掉，保留基本訊息。

　　金華郡守張佐治至一處，見蛙無數，夾道鳴噪，皆昂首若有訴。佐治異之，下車步視，而蛙皆蹦跳為前導。至田間，三屍疊焉。公有力，手挈二屍起，其下一屍微動，以湯灌之，未幾復蘇。曰：「我商也，道見二人肩兩筐適市，皆蛙也，購以放生。二人複曰：『此皆淺水，雖放，後必為人所獲；前有清淵，乃放生池也。』吾從之至此，不意揮斤，遂被害。 二僕隨後不遠，腰纏百金，必為二人誘至此，並殺而奪金也。」張佐治至郡，急令捕之，不日人金俱獲。一訊即吐實，罪死，所奪之金歸商。

《張佐治遇蛙》

1b. 試語譯以下帶「‧」詞語。

1) 佐治異之

異：＿＿＿＿＿＿＿＿＿＿＿＿＿＿＿＿

2) 蛙皆蹦跳為前導

導：＿＿＿＿＿＿＿＿＿＿＿＿＿＿＿＿

3) 道見二人肩兩筐適市

適：＿＿＿＿＿＿＿＿＿＿＿＿＿＿＿＿

4) 吾從之至此

從：＿＿＿＿＿＿＿＿＿＿＿＿＿＿＿＿

1c. 試於括號內為下列文句填補省略了的詞語。

1) 吾從（　　　　）至此，不意（　　　　）揮斧，遂（　　　　）
　　被害。

2) 張佐治至郡，（　　　　）急令捕之，不日人金俱獲。
　　（　　　　）一訊即吐實，罪死，所奪之金歸商。

1d. 試回答下列各題。

1) 張佐治遇見了甚麼奇特的現象？

_____

2)「三屍」中，死者及生還者分別是誰？

_____

3) 為甚麼賣蛙的人會生殺機之心？

_____

4) 你認為作者欲通過這個故事傳遞甚麼訊息？

_____

文化要素　處世篇

文化要素：處世

品德	閱讀	思考
處世之道	歷史知識：春秋戰國時代	靈活變通的重要性

練習四：《刻舟求劍》

經典簡介

　　《刻舟求劍》是收錄在《呂氏春秋》的一則散文。《呂氏春秋》寫於戰國末期，由秦國相國呂不韋等人編寫而成，匯集大量政治散文，冀為當時秦王嬴政提供治理國家的啟示，助秦帝統一天下。全書共分十二紀、八覽、六論三大部分。

閱讀指引

　　本文是一篇寓言故事，學生可想想故事中的楚人的處事方法有甚麼不足之處，從而分析故事想帶出的道理。

楚人有涉江者，其劍自舟中墜於水，遽契[1]其舟曰：「是吾劍之所從墜也。」舟止，從其所契者入水求之。舟已行矣，而劍不行，求劍若此，不亦惑乎？以故法為其國與此同。時已徙矣，而法不徙，以此為治，豈不難哉？

注釋：
1. 契：用刀刻（記號）。

歷史知識連線 ···

春秋戰國

先秦時期的周朝分西周、東周兩個時期，國祚共 779 年，為中國歷史上歷時最長的朝代。周武王滅商後，奉行封建制度，把土地分封和功臣及親屬，是為諸侯，其管轄的土地是為諸侯國，以屏藩王室。然而，自東周春秋時期，諸侯國坐大，開始不聽周天子號令，他們相互兼併，導致社會制度崩壞。及至東周戰國時期，出現七國爭霸，他們分別是齊、楚、燕、韓、趙、魏、秦國。

一、請解釋句中標有▲號的字詞解釋。（10分，2分@）
（閱讀認知層次：理解）

1. 楚人有涉江者 _____
　　　　▲

2. 其劍自舟中墜於水 _____
　　　　　　　▲

3. 遽契其舟曰 _____
　　▲

4. 以故法為其國與此同 _____
　　▲

5. 時已徙矣 _____
　　　▲

二、請語譯以下句子。（3分）
（閱讀認知層次：理解）

1. 舟已行矣，而劍不行，求劍若此，不亦惑乎？

_____

三、請判斷以下對本文內容的陳述，然後用筆塗滿與答案相應的圓
圈；只可選一個答案，多選者不給分。（3分）
（閱讀認知層次：理解）

行文中可見：

	正確	部分正確	錯誤	無從判斷
楚國人在船身刻上記號；他在記號處跳水找劍。	○	○	○	○

78

四、請以完整句子回答以下問題。切勿抄錄原文。（13分）

（閱讀認知層次：分析）

1. 為甚麼楚國人要刻上記號呢？你同意他的做法嗎？（1+2分）

_____

_____

_____

_____

_____

2. 「以故法治國」與「刻舟求劍」有甚麼相似之處？（6分）

_____

_____

_____

_____

_____

3. 本文說明了甚麼道理？試解釋。（2+2分）

_____

_____

_____

_____

_____

_____

請閱讀以下引文，並回答相關問題。

> 　　鄭人有欲買履者，先自度而置之其坐，至之市，而忘操之，已得履，乃曰：「吾忘持度。」反歸取之。及反，市罷，遂不得履。
>
> 　　人曰：「何不試之以足？」曰：「寧信度，無自信也。」
>
> 《韓非子》

五、請解釋句中標有▲號的字詞解釋。（6分，2分@）

（閱讀認知層次：理解）

1. 鄭人有欲買履者 _____
   　　　　　　▲

2. 至之市而忘操之 _____
   　　　　　▲

3. 市罷 _____
   　▲

六、請以完整句子回答以下問題。切勿抄錄原文。（9分）

1. 鄭國人在買「履」前會做怎樣的行為？（2分）
　（閱讀認知層次：理解）

_____

_____

_____

_____

2. 最終他為甚麼買不到「履」？（2分）
　（閱讀認知層次：理解）

_____

_____

_____

_____

3. 「鄭人買履」所揭示的道理與「刻舟求劍」有甚麼相通之處？
　（1+4分）
　（閱讀認知層次：分析）

_____

_____

_____

_____

總分 ＿＿／44

文化要素：處世

品德	閱讀	思考
堅持	語文知識： 修辭手法：對比 與襯托	堅持的重要性 如何力排眾議

練習五：《愚公移山》

閱讀指引

　　作者為〈愚公移山〉的主角取名愚公，然而學生可以思考作者這樣取名的深意，思考愚公的性格。

作者簡介

　　〈愚公移山〉選自《列子》，《列子》的作者為列子，他姓列，名御寇，今河南鄭州人，列子為後人所尊稱。他是戰國時期的思想家、哲學家，亦是道家的代表人物。

　　太行、王屋二山，方七百里，高萬仞[1]。本在冀州[2]之南，河陽[3]之北。

　　北山愚公者，年且九十，面山而居。懲山北之塞，出入之迂也，聚室而謀曰：吾與汝畢力平險，指通豫南[4]，達于漢陰[5]，可乎？雜然[6]相許。其妻獻疑曰：以君之力，曾不能損魁父之丘，如太行王屋何？且焉置土石？雜曰：投諸渤海之尾，隱土之北。遂率子孫荷擔者三夫，叩石墾壤，箕畚[7]運于渤海之尾。鄰人京城氏之孀妻，有遺男，始齔[8]，跳往助之。寒暑易節，始一反焉。

　　河曲智叟[9]，笑而止之，曰：甚矣，汝之不惠。以殘年餘力，曾不能毀山之一毛，其如土石何？北山愚公長息曰：汝心之固，固不可徹，曾不若孀妻弱子。雖我之死，有子存焉；子又生孫，孫又生子；子又有子，子又有孫。子子孫孫，無窮匱也。而山不加增，何苦而不平？河曲智叟亡以應。

《晏子春秋》（節錄）

注釋：
1. 仞：古代長度單位，七至八尺為一仞，萬仞為七千至八千尺。
2. 冀州：古地方名，今河北省，山西省，河南省黃河以北，遼寧省遼河以西一帶的地區。
3. 河陽：今黃河北岸。
4. 豫南：古地方名，今河南省黃河以南一帶。
5. 漢陰：漢水，即襄河南岸。
6. 雜然：紛紛。
7. 箕畚：簸箕，一種用竹片或柳條編成的器具。此處作動詞用，意思指用箕裝載土石。
8. 齔：換牙，指孩子的乳齒脫落，長出恆齒，暗示孩子的年齡大概在七至八歲。
9. 智叟：智即指有智慧的；叟，粵 sau[2]（手），老人。

對比 與 襯托

對比

把兩種對立的事物對照比較，使好的顯得更好，壞的顯得更壞。

例子：
我真不明白為甚麼你的哥哥如此乖巧有禮，而你就這麼頑劣。

襯托

用事物的反面或正面去烘托主角，使主角更突出。
襯托有兩種，分別為正面襯托及反面襯托。

正面襯托例子：
我原以為楊貴妃的美已經是驚為天人，沒想到趙飛燕才是真的傾國傾城。

反面襯托例子：
看到小美被人欺負，大家都漠不關心，不敢惹惱那個壞人，只有智文站出來保護她。

＊對比與反襯十分相似，兩者的分別在於有沒有「主角」，襯托是有主次之分，有要突出的對象，然而對比則沒有。

一、請解釋句中標有▲號的字詞解釋。（10分，2分＠）

（閱讀認知層次：理解）

1. 懲山北之塞 ＿＿＿＿＿＿＿＿＿＿＿＿＿＿＿＿＿＿＿＿＿
　　▲

2. 出入之迂也 ＿＿＿＿＿＿＿＿＿＿＿＿＿＿＿＿＿＿＿＿＿
　　　　　▲

3. 遂率子孫荷擔者三夫 ＿＿＿＿＿＿＿＿＿＿＿＿＿＿＿＿
　　　　　　　▲

4. 叩石墾壤 ＿＿＿＿＿＿＿＿＿＿＿＿＿＿＿＿＿＿＿＿＿＿
　　▲

5. 河曲智叟亡以應 ＿＿＿＿＿＿＿＿＿＿＿＿＿＿＿＿＿＿＿
　　　　　▲

二、請語譯以下句子。（6分）

（閱讀認知層次：理解）

1. 汝心之固，固不可徹，曾不若孀妻弱子。

＿＿＿＿＿＿＿＿＿＿＿＿＿＿＿＿＿＿＿＿＿＿＿＿＿＿＿＿＿

2. 以殘年餘力，曾不能毀山之一毛，其如土石何？

＿＿＿＿＿＿＿＿＿＿＿＿＿＿＿＿＿＿＿＿＿＿＿＿＿＿＿＿＿

三、 請判斷以下對本文內容的陳述，然後用筆塗滿與答案相應的圓圈；只可選一個答案，多選者不給分。（3分）

（閱讀認知層次：理解）

從第二段可見：

	正確	部分正確	錯誤	無從判斷
愚公提議把太行、王屋兩座大山都移平；愚公的家人都同意他的提議。	○	○	○	○

四、 請以完整句子回答以下問題。切勿抄錄原文。（12分）

1. 愚公與其家人如何處理挖下來的土和石？（2分）
   （閱讀認知層次：理解）

_____

_____

_____

_____

_____

2. 河曲的智叟為甚麼會嘲笑愚公呢？（2分）你怎樣評價智叟的行為？（3分）
   （閱讀認知層次：理解＋評價）

_____

_____

_____

_____

3. 本文善用襯托的手法去突出愚公，試以智叟與愚公的例子作答。
（5分）
（閱讀認知層次：分析）

_____

_____

_____

_____

請閱讀以下引文，並回答相關問題。

> 　　李白讀書未成，棄去。道逢老嫗[1]磨杵，白問故，曰：
> 「欲作針。」白笑其拙，老婦曰：「功到自然成耳。」
> 白大為感動，遂還讀卒業。卒成名士[2]。
>
> 　　　　　　　　　　　　　　　　　　陳仁錫《史品赤函》
>
> **注釋：**
> 1. 嫗：粵 jyu[2]（淤） 婦女，多指年老的婦女。
> 2. 名士：著名的讀書人。

五、請解釋句中標有▲號的字詞解釋。（6分，2分@）
（閱讀認知層次：理解）

1. 白笑其拙 _____
　　　▲

2. 遂還讀卒業 _____
　　　　▲

3. 卒成名士 _____
　▲

六、請以完整句子回答以下問題。切勿抄錄原文。（10分）

1. 在遇到老婆婆之前，李白的讀書態度是怎樣的？（1+2分）
   （閱讀認知層次：分析）

   _____

   _____

   _____

   _____

2. 在遇上老婆婆之後，為甚麼李白的讀書態度不同了？（1+2分）
   （閱讀認知層次：分析）

   _____

   _____

   _____

   _____

3. 「愚公移山」及「鐵杵磨針」的故事給你甚麼啟發呢？（4分）
   （閱讀認知層次：評價）

   _____

   _____

   _____

   _____

總分 ／47

文化要素：處世

品德	閱讀	思考
處世之道	文化知識：「贊曰」	安貧樂道的生活態度

練習六：《五柳先生傳》

作者簡介

　　陶淵明（352 或 365 年～ 427 年），字元亮，又名潛，世稱靖節先生，潯陽柴桑（今江西省九江市）人。他是東晉末至南朝的詩人，曾任江州祭酒、建威參軍、彭澤縣令等職，最後一次出仕為彭澤縣令，任職八十多天後便棄職而去，從此歸隱田園。他是中國第一位田園詩人，著有《陶淵明集》。

閱讀指引

　　這是一篇人物傳記，有人認為五柳先生就是陶淵明，故認為這是一篇自傳。姑勿論這是不是陶淵明的自傳，同學也可以瞭解五柳先生的生活方式及其生活態度。

先生不知何許人也，亦不詳其姓字。宅邊有五柳樹，因以為號焉。

閑靜少言，不慕榮利。好讀書，不求甚解，每有會意，便欣然忘食。性嗜酒，家貧，不能常得。親舊知其如此，或置酒而招之。造飲輒盡，期在必醉，既醉而退，曾不吝情去留。環堵蕭然[1]，不蔽風日；短褐穿結[2]，簞瓢[3]屢空，晏如[4]也。常著文章自娛，頗示己志。忘懷得失，以此自終。

贊曰：黔婁之妻有言：「不戚戚於貧賤，不汲汲於富貴。」味其言，茲若人儔[5]乎？酣觴賦詩，以樂其志。無懷氏[6]之民歟！葛天氏[7]之民歟！

注釋：

1. 環堵蕭然：堵，即牆壁，環堵即家中四壁都是土牆，居室簡陋。蕭然，蕭條的樣子。
2. 穿結：穿即破爛，結即補丁。
3. 簞瓢：簞是古代盛飯的圓形竹器，瓢是古代的飲水用具。
4. 晏如：安然自得的樣子。
5. 儔：同類。
6. 無懷氏：傳說中的上古帝王。據說在那個時代，人民生活安樂，社會風氣純樸。
7. 葛天氏：傳說中的上古帝王。據說在那個時代，人民生活安樂，社會風氣純樸。

文化知識連線 ⋯⋯⋯⋯⋯⋯⋯⋯⋯⋯⋯⋯⋯⋯⋯⋯⋯⋯⋯

贊曰

> 在史書中，史家在記載事件、人物後，都會有史家對人物及事件的評價，如春秋左氏傳的「君子曰」，史記的「太史公曰」，漢書的「贊」，後漢書的「論」，三國志的「評」，宋書的「史臣曰」等，名稱雖然不同，但也是對事件或人物進行評議。
>
> 本文陶淵明用「贊曰」來評論五柳先生的德行，可見作者對五柳先生的正面評價，亦可見到作者有意模仿記史的方法去寫這篇傳記。

一、請解釋句中標有▲號的字詞解釋。（10分，2分@）

（閱讀認知層次：理解）

1. 性嗜酒 ＿＿＿＿＿＿＿＿＿＿＿＿＿＿＿＿＿＿＿＿＿＿＿＿＿
　　 ▲

2. 造飲輒盡 ＿＿＿＿＿＿＿＿＿＿＿＿＿＿＿＿＿＿＿＿＿＿＿＿
　　　 ▲

3. 不戚戚於貧賤 ＿＿＿＿＿＿＿＿＿＿＿＿＿＿＿＿＿＿＿＿＿＿
　　 ▲▲

4. 不汲汲於富貴 ＿＿＿＿＿＿＿＿＿＿＿＿＿＿＿＿＿＿＿＿＿＿
　　 ▲▲

5. 味其言 ＿＿＿＿＿＿＿＿＿＿＿＿＿＿＿＿＿＿＿＿＿＿＿＿＿
　　 ▲

二、請語譯以下句子。（6 分）

（閱讀認知層次：理解）

1. 閒靜少言，不慕榮利。

_____

2. 既醉而退，曾不吝情去留。

_____

三、請把合適的內容填在橫線上。切勿抄錄原文。（19 分）

（閱讀認知層次：理解＋分析）

請填寫五柳先生小檔案。

個人資料

姓名：_____（1分）

號：_____（1分）

籍貫：_____（1分）

性格

_____（2分）

_____（2分）

愛好

_____（2分）

_____（2分）

_____（2分）

居住條件

_____（2分）

_____（2分）

四、請以完整句子回答以下問題。（19分）

1. 據上表所述，五柳先生的生活條件怎樣？當中可見他怎樣的生活態度？（7分）

   （閱讀認知層次：分析）

   _____

   _____

   _____

   _____

   _____

2. 五柳先生讀書「不求甚解」，但下文又指「**每有會意，便欣然忘食**」，兩者有沒有矛盾？（6分）

   （閱讀認知層次：分析）

   _____

   _____

   _____

   _____

   _____

3. 為甚麼作者指五柳先生是無懷氏或葛天氏時期的百姓？（3分）
（閱讀認知層次：分析）

_____

_____

_____

_____

_____

4. 如果你的朋友生活十分清貧，你會給他甚麼建議？（3分）
（閱讀認知層次：創意）

_____

_____

_____

_____

_____

總分 ╱54

答案冊

文史篇

練習一：《傷仲永》

一、

1. 耕種	2. 乞求	3. 向	4. 再	5. 最後

二、

評改準則：能譯重點詞語就能得分。

1. 同鄉的人對此感到驚奇（1分），漸漸有人以賓客之禮（1分）來接待／招待（1分）他的父親。

2. 他的天賦才華（1分），比一般有才之人（1分）好得多（1分）。

（後句要有比較的成分才可取第三分）

三、

部分正確。

前句：原文指「十二三矣。令作詩，不能稱前時之聞。」，指方仲永十二三歲所作的詩而比不上過去了，故陳述不正確。

後句：原文是指「又七年，還自揚州，復到舅家，問焉。曰：『泯然眾人矣。』」，指邊仲永所有才能都已消失，與普通人沒有分別，故陳述正確。

四、

1. 在正面描寫方面，本文運用了行為描寫。（**中心句**）（1分）首先（**標示語**），仲永家族世代務農，不曾讀書，但他於五歲便能寫詩，並以供養父母、團結宗族為題旨，可見他天資出眾。（1分）而且（**連接詞**），只要有人指着事物要他寫詩，他也能立刻寫成，並且言之有物，可見（**歸納詞**）他才思敏捷。（1分）在側面描寫方面，本文借賓客的反應去突顯方仲永天資聰敏的一面。（**中心句**）（1分）當方仲永能寫詩一事傳開後，賓客都嘖嘖稱奇，紛紛邀請方仲永及其父親聚會，（1分）以觀看這小神童的天資，可見（**歸納詞**）大家都十分認可他的天賦。（1分）

2. 本文的「傷」體現在方仲永天資完全消失這個地方。（**中心句**）（1分）方仲永原是個天資聰穎的小孩，他五歲便能寫詩，而且詩的文采和義理也十分值得欣賞。（1分）然而，方仲永的父親卻沒有好好栽培他，沒有讓他接受教育，（1分）只帶他去應酬賓客，最後令他的天資殆盡，完全變成了一個普通人，令人惋惜。（1分）

3. 本文運用了借事說理的方法。（1分）本文分為兩部分，第一部分為敘事；第二部分為說理。（1分）

   本文以天才方仲永因缺乏後天栽培，而變成普通人的故事，（1分）說明不論人的天資如何優越，也需要後天的教育，否則只會變成平庸之人，告誡我們要努力學習。（2分）

五、

1. 憑甚麼
2. 仍／還
3. 反而

六、

1. 富和尚代表天資聰穎的人（1分）；窮和尚代表天資平庸的人（1分）。

   作者借他們的故事去說明「只依靠天資而不努力，不能學有所成」這個道理。（1分）富和尚代表天資聰穎的人，他比窮和尚有能力去買船到南海，但他卻認為此事太難，始終沒有實行；（1分）但窮和尚卻十分堅持，最後成功到南海。（1分）這說明了天資聰穎的人本比起普通人更容易求學問，但不夠努力而未能成功，反而資質平庸的人能以努力去取得成就。（1分）

2. 兩篇文章也是告誡人們不能自持天資聰穎，而後天不努力學習。（1分）

   《傷仲永》一文中，神童方仲永天資過人，但父親沒有讓他好好學習，令他最後變成平庸之人，可見即使天資聰穎，但後天不努力，還是會失敗。（1.5分）而《為學一首示子姪》一文中，富和尚雖然自身條件優越，但仍不能成功到南海去。相反，窮和尚即使自身條件較遜，亦能憑他的努力而成功到南海，反映後天的努力才是成功的關鍵。（1.5分）

白話語譯

《傷仲永》

金溪縣人方仲永，家裏世世代代務農。直到仲永五歲的時候，沒有見過紙墨筆硯等文具，一天忽然哭着要這些東西。父親對此感到驚奇，就從附近人家借來給他，他立即寫了四句詩，並且給詩作題上篇名。他的詩以供養父母、團結宗族為題旨，全鄉的秀才都傳看了。從此，人們指着東西叫他作詩，他都能立刻寫成，而且詩中文采、義理都有值得鑑賞的地方。同鄉的人對此感到驚奇，漸漸有人以賓客之禮來接待他的父親，有人還用錢財禮物請求他寫詩。父親認為這樣有利可圖，便每天領着仲永四處拜訪鄉親，不讓他學習。

我早就聽說仲永的事跡了。仁宗明道年間，跟隨父親回家，在舅舅家見到了他，當時已經十二、三歲了。讓他作詩，比不上過去人們說的那麼好了。又過了七年，我從揚州回家，再到舅舅家問起仲永，聽人說道：「普普通通，和常人沒有甚麼分別了。」

王先生說：「仲永的聰明穎悟，是上天賦與的。他的天賦才華，比一般有才能的人好得多。最後還是成為平常人，是因為後天受到的教育不夠的緣故。像他天賦才華這樣優異，不經後天的教育，尚且成為平常人。今天那些沒有天賦才華的人，本來就是平常人；後天又不接受教育，還能成為一般人嗎？」

《為學一首示子姪》

四川的偏遠地方有兩個和尚，其中一個貧窮，一個富有。窮和尚告訴富和尚說：「我想要到南海去，你認為怎麼樣？」富和尚說：「你憑甚麼去呢？」窮和尚說：「我只要一個瓶子和一個飯缽就夠了。」富和尚說：「我幾年來想要僱船而去，還不能辦到，你憑甚麼去呢？」第三年，窮和尚從南海回來了，把經過告訴富和尚，富和尚露出慚愧的神色。位於西邊的四川距離南海，不知道有幾千里的路程；富和尚不能到達，窮和尚卻到了。我們一般人立定志向，反而比不上四川偏遠地方的窮和尚嗎？

故此，聰明和敏捷好像可以倚仗，卻不可以完全倚仗的；自己仗恃着聰明和敏捷，卻不努力學習，這就是自取失敗的人。愚昧和平庸，好像可以限制人，卻不可能完全限制人的；不被自己的愚昧和平庸侷限，而努力不倦地學習，那就是能夠成就自我的人了。

練習二：《習慣說》

一、

1.低頭	2.徘徊	3.踢	4.阻礙	5.重要

二、

1. 了
2. 啊

（矣或哉兩字都表達了感歎的語氣，但語譯時不會把兩「啊」字同時譯出來。）

三、

評改準則：能譯重點詞語就能得分。

1. 你連一間屋子也**治理**（1分）不到，**憑甚麼**（1分）**治理**（1分）好國家呢？
2. 腳已經適應**踏**（1分）平地的感覺，**不適應**（1分）**有窪坑**（1分）的地方。

四、

部分正確。

前句：原文寫「後蓉復履其地，蹴然以驚，如土忽隆起者」，即表示他以為地上隆起了才大驚，故陳述不正確。

後句：原文寫「俯視地，坦然則既平矣！」則表示地上的窪坑已平，故陳述正確。

五、

	第一次	第二次
室內地上的情況	室有窪坑	窪坑已平 （2分）
作者最初踩到的反應	總被窪坑絆倒 （2分）	踏到本來窪坑之處大驚，以為地面隆起了 （2分）
作者之後踩到的反應	時間一久就習慣了 （2分）	時間一久就習慣了

說明的道理：

習慣一旦形成（2分），就難以更改（2分），因此在最初就要養成良好的習慣（4分）。

六、

1. 更加
2. 治癒
3. 敷

七、

	起初	過了三日	又過了三天
左手拇指的病情	像米粒一樣大（2分）	像銅錢一樣大（2分）	拇指像拳頭一樣大，四肢心臟脊梁骨（2分）都痛起來。
醫治時間	一天（1分）	十天（1分）	三個月（1分）
醫治方法	艾草（2分）	以藥草來治	內服湯藥，外敷良藥（2分）

說明的道理：

錯誤的思想或行為（2分）在一開始就要杜絕，否則後患無窮（2分）。

八、

兩篇文章同樣地告誡人們要注重事情發生之始。（1分）《習慣説》指出要在開始時就養成良好的習慣，否則就難以更改；《指喻》則指出在錯誤的事情一出現就要杜絕，可見兩者都著重於開始時的行為。（2分）而不同的是，《習慣説》主要是講述習慣的重要性，而《指喻》則不是。（1分）

白話語譯

《習慣説》

我年少時在養晦堂西側一間屋子裏讀書。我低下頭讀書，遇到不懂地方就仰頭思索，想不出答案便在屋內徘徊。這屋有處窪坑，直徑一尺，逐漸越來越大。每次經過，我都被絆一下。時間一長也就習慣了。

一天，父親來到屋子裏，四周看時發現這屋地面的窪坑，笑着對我説：「你連一間屋子都不能治理，憑甚麼治理國家呢？」隨後叫僕人將窪坑填平。

父親走後，我讀書思索問題時，又在屋裏踱步，走到原來窪坑處，感覺地面突然起隆起，心裏一驚，低頭看，地面卻是平平整整。之後踏到此處時，仍舊有這樣的感覺。過了好些日子，才慢慢習慣。

唉！習慣對人的影響，真的非常厲害啊！腳踏在平地上，便不能適應坑窪；時間久了，窪地就彷彿平了；以至於把長久以來的坑填平，恢復到原來的狀態，卻認為是阻礙而不能適應。所以説君子做學問，最重要的就是開始時需謹慎。

《指喻》（節錄）

浦陽縣有位青年名鄭仲辨，他的身體強壯，面色紅潤，精神充沛，從來沒有生過病！有一天，左手的大拇指生了一個疹斑，腫起來像米粒一樣大，鄭君對此感到疑惑，給別人看，看的人哈哈大笑，認為不值得擔憂。過了三天，疹粒腫得像銅錢那般大，他更為擔憂，又拿給人看，看的人像以前一樣笑他。又過了三天，拇指腫得像拳頭那般大，拇指附近的指頭，都被它牽引得疼痛起來，好像刺一般，四肢心臟及背脊骨沒有不痛的。鄭君心中害怕，就去求醫。醫生看了，吃驚地説：「這是奇特難治的病，雖然病在指頭上，其實已經是影響全身的病了，不趕快治療，將會喪失生命。可是剛開始發病的時候，一天就可治好，發病三天以後，超過十天可以治好；現在病已經形成了，不到三個月不能治癒。一天治得好，用艾草就可以了！過十天要治得好，用藥草才可以。到成了重病時，甚至會蔓延到肝臟、橫隔膜，不然也可能令手臂殘廢。除非能從內部治它，否則病勢不會停止，不設法從外面來治療，病就不容易治好！」鄭君聽從他的話，每天內服湯藥，又外塗良藥。果然兩個月後病就好了，但要三個月後精神臉色才復原。

練習三：《賣油翁》

一、

| 1. 射箭 | 2. 自己 | 3. 斜着眼 | 4. 點頭 | 5. 生氣 |

二、

評改準則：能譯重點詞語就能得分。

1. 你怎麼（1分）敢輕視（1分）我的箭術（1分）！

三、

正確。

前句：原句「見其發矢時十中八九」，可見陳射箭時十有九中。

後句：原句「但微頷之。」反映了賣油翁對陳微微點頭，以示讚許。

四、

1. 文中直接指出他善射。（1分）文中第一段即表示陳的箭術舉世無雙，可見這是正面的描寫。（1分）然後，文章又以行為描寫的手法去突顯陳善射。（1分）文章指他「發矢時中八九」，可見他射箭時的準繩度甚高。（1分）

2. 首先（標示語），賣油翁只是斜着眼看陳堯咨射箭，然後只是微微點頭，這讓陳堯咨感到不快，進而質問賣油翁，可見（歸納詞）他對自己的射術相當有信心。（2分）然後（標示語），當賣油翁告訴他這只是手法熟練罷了，他又十分生氣地説，反映射箭是他自豪的事，不容他人的質疑。（2分）

3. 首先（標示語），因為文章的道理是透過賣油翁瀝油去説明道理，因此賣油翁瀝油一事為文章的重點；（2分）文章的主旨由賣油翁的示範顯現出來，賣油翁是主要人物，因此文章以「賣油翁」為題。（2分）

4. 賣油翁取一個葫蘆放在地上，再以一個銅錢覆蓋葫蘆口，用杓把油注入葫蘆中。油從銅錢中間的小孔流入葫蘆內，絲毫沒有弄濕銅錢，可見他的技藝高超。（2分）而賣油翁以注油入葫蘆不漏一滴的示範，説明瀝油這種技藝只要多加訓練，就能工多藝熟，引證了「熟能生巧」的道理。（2分）

白話語譯

康肅公陳堯咨善於射箭，世上沒有第二個人能跟他相比，他憑着這本領自誇。曾有一次，在家裏的場地射箭，有個賣油的老翁放下擔子，站在那裏斜着眼睛看着他，很久都沒有離開。賣油的老頭看他射十箭中了八九，只是微微點點頭。

陳堯咨問賣油翁：「你也懂得射箭嗎？我的箭法不是很高明嗎？」賣油的老翁說：「沒有別的奧妙，不過是手法熟練罷了。」陳堯咨氣憤地說：「你怎麼敢輕視我射術！」老翁說：「憑我倒油的經驗就可以懂得這個道理。」於是拿出一個葫蘆放在地上，把一枚銅錢蓋在葫蘆口上，慢慢地用油杓舀油注入葫蘆裏，油從錢孔注入而油卻沒有弄濕銅錢，說：「我也沒有別的，只不過是熟練罷了。」陳堯咨笑着將他送走了。

速讀篇

練習 I

1. 視駝（郭橐駝）所種樹，無不活，且碩茂。有問之，對曰：「橐駝非能使木壽且孳也，能順木之天，以致其性焉爾。」（柳宗元《種樹郭橐駝傳》）

   順：順應；天：天性

2. 昔有長者子，入海取沉水，方得一車，詣市賣之，以其貴故，卒無買者。（僧伽斯那《百喻經》）

   故：緣故

3. 哀公問於孔子曰：「吾聞夔一足，信乎？」曰：「夔，人也，何故一足？彼其無他異，而獨通於聲。堯曰：『夔一而足矣。』故君子曰：『夔有一足。』非一足也。」（《韓非子》）

   異：奇異的地方；通：通曉；足：足夠

4. 越工善為舟，越王用之良，命廩人給上食。（劉基《郁離子·越工善為舟》）

   上食：上等的食物

練習 2

1. 三人行必有我師焉，擇其善者而從之，（擇）其不善者而改之。（《論語》）

2. 尉劍挺，廣起，奪（劍）而殺尉。（司馬遷《陳涉世家》）

3. 楚富者，牧羊九十九，而願百。（楚國的富人／他）嘗訪邑里故人，其鄰人貧有一羊者，富拜之。（梁元帝《金樓子》）

4. 宋有澄子者，亡緇衣，（他）求之塗。（澄子）見婦人衣緇衣，（他）援而弗舍，欲取其衣。（《呂氏春秋・審應》）

練習 3

1. 邴原舊能飲酒，自行之後，八九年間，酒不向口。（《三國志・邴原戒飲》）

舊：以前

2. 齊人有好訐食者，每食必訐其僕，至壞器投匕箸，無空日。（劉基《郁離子・訐食》）

空：安寧

3. 昔者有饋生魚於鄭子產，子產使校人畜之池。（孟子《校人烹魚》）

使：命令；畜：飼養

4. 一人曰：「吾弓良，無所用矢。」一人曰：「吾矢善，無所用弓。」羿聞之曰：「非弓何以往矢，非矢何以中的？」令合弓矢，而教之射。（胡非子《弓與矢》）

非：沒有；往：射出

練習 4

1.「吾時俯而不答。異哉此人之教子也！若由此業自致卿相，亦不願汝曹為之。」（顧炎武《廉恥》）

語序：此人之教子異哉也；句意：這個人這樣教導孩子真是奇怪啊！

2. 韓子聞之曰：「群臣失禮而弗誅，是縱過也。有以也夫，平公之不霸也。」（《淮南子‧齊俗訓》）

語序：平公之不霸也，有以也夫；句意：平公不能稱霸都是由此因（縱容過失）造成。

3. 少頃，東郭牙至。管子曰：「子耶，言伐莒者？」（《呂氏春秋‧重言篇》）

語序：言伐莒者子耶；句意：洩漏伐莒的秘密的人是你（東郭牙）嗎？

4. 王笑曰：「是誠何心哉！我非愛其財而易之以羊也，宜乎百姓之謂我愛也。」（《孟子‧梁惠王》）

語序：百姓之謂我愛也宜乎；句意：百姓認為我是吝嗇這想法也不無道理的。

練習 5

1. 亮躬耕隴畝，每自比於管仲、樂毅，時人莫之許也。（《三國志‧諸葛亮傳》）

語序：時人莫許之也；句意：當時身邊的人皆不承認他（諸葛亮）是這樣的人。

2. 君亡之不恤，而群臣是憂，惠之至也。（《左傳·僖公十五年》）

語序：君之不恤亡，而是憂群臣；句意：君主不憂慮自己在外流亡，反而擔憂臣子。

3. 碩鼠碩鼠，無食我黍。三歲貫汝，莫我肯顧。（《詩經·碩鼠》）

語序：莫肯顧我；句意：不肯多眷顧我。

4. 孔子曰：「無乃爾是過與？夫顓臾，是社稷之臣也，何以伐為？」（《論語·季氏》）

語序：無乃是過爾與；句意：難道不應該責備你們嗎？

練習 6

1. 峰迴路轉，有亭翼然，臨於泉上者，醉翁亭也。（歐陽修《醉翁亭記》）

語序：有翼然亭；句意：有一座像鳥兒展翅高飛的亭子。

2. 村中少年好事者，馴養一蟲，自名「蟹殼青」，日與子弟角，無不勝。（蒲松齡《聊齋·促織》）

語序：村中好事少年；句意：村裏一個好管閒事的年青人。

3. 頃之，煙炎張天，人馬燒溺死者甚眾。（《資治通鑑·赤壁之戰》）

語序：燒溺死人馬者甚眾；句意：被燒死和溺死的人和馬的數量很多。

4. 馬之千里者一食或盡粟一石。（韓愈《馬說》）

語序：千里之馬者一食或盡粟一石；句意：（日行）千里的馬吃一頓時吃盡一石糧食。

練習 7

1. 至唐李渤始訪其遺蹤，得雙石於潭上，扣而聆之，南聲函胡，北音清越，桴止響騰，餘韻徐歇。（蘇軾《石鐘山記》）

   語序：於潭上得雙石；句意：於潭邊覓得兩塊山石。

2. 蟲宛然尚在。喜而捕之，一鳴輒躍去，行且速。覆之以掌，虛若無物；手裁舉，則又超忽而躍。（蒲松齡《聊齋‧促織》）

   語序：以掌覆之；句意：用手掌覆蓋着牠。

3. 青，取之於藍而青於藍；冰，水為之而寒於水。（荀子《勸學》）

   語序：青，於藍取之而青於藍；句意：靛青的顏料是從藍草提取，卻比藍草的顏色更青。

4. 一屠晚歸，擔中肉盡，止剩骨。途遇兩狼，屠懼，投以骨。（蒲松齡《聊齋‧狼》）

   語序：以骨投；句意：把骨頭投向狼。

練習 8

1a. 試利用「去法」把下文修飾文意的資料去掉，保留基本訊息。

　　金華~~郡守~~張佐治至一處，見蛙~~無數~~，~~夾道~~鳴噪，~~皆昂首若有訴~~。佐治異之，下車步視，而蛙皆蹦跳為前導。至田間，三屍疊~~焉~~。公有力，~~手挈二屍起~~，其下一屍微動，以湯灌之，~~未幾~~復蘇。曰：「我商~~也~~，道見二人肩~~兩~~筐適市，~~皆蛙也~~，購以放生。二人複曰：『此~~皆~~淺水，~~雖~~放，~~後必~~為人~~所獲~~；前有清淵，~~乃放生池也~~。』吾從之至此，不意揮斤，~~遂~~被害。二僕隨後~~不遠~~，腰纏~~百~~金，~~必~~為二人誘至此，~~並~~殺而奪金~~也~~。」張佐治至郡，急令捕之，~~不日~~人金俱獲。一訊~~即~~吐實，罪死，~~所奪之~~金歸商。

《張佐治遇蛙》

1b. 試語譯以下帶「‧」詞語。

1) 佐治異之

異：感到奇怪

2) 蛙皆蹦跳為前導

導：引路

3) 道見二人肩兩筐適市

適：前往

4) 吾從之至此

從：跟從

1c. 試於括號內為下列文句填補省略了的詞語。

1) 吾從（兩個賣蛙的人）至此，不意（兩個賣蛙的人／他們）揮斥，（我）遂被害。

2) 張佐治至郡，（他）急令捕之，不日人金俱獲。（兩個賣蛙的人）一訊即吐實，罪死，所奪之金歸商。

1d. 試回答下列各題。

1. 張佐治遇見了甚麼奇特的現象？

第一，他在路上看見大量青蛙；第二，那群青蛙皆不約而同地抬着頭如訴冤般鳴叫；第三，牠們為張佐治引路至三具屍體處。

2.「三屍」中，生還者及死者分別是誰？

一名商人仍在生，然而他的兩個隨從被殺害了。

3. 為甚麼賣蛙的人會生殺機之心？

因為他們貪圖商賈一行人的錢財。

4. 你認為作者欲通過這個故事傳遞甚麼訊息？

「天網恢恢，疏而不漏」或「善惡到頭終有報」。

練習四 《刻舟求劍》

一、

| 1. 渡 | 2. 掉到 | 3. 立刻 | 4. 舊 | 5. 遷移 |

二、

評改準則：能譯重點詞語就能得分。

1. 船**已向**前行了，劍卻沉入水底**沒有移動**（1分），**像**（1分）這樣來尋找劍，不是令人**大惑不解／疑惑**（1分）嗎？

三、

正確。

　　（文中「**遽契其舟**」一句指出楚人在舟上刻下了記號，而「**舟止，從其所契者入水求之**」則指楚人從所刻下記號的位置跳下水去尋劍，故陳述正確。）

四、

1. 楚人在舟上刻上記號是因為（**直接回應題目**）他想要記低劍掉下的位置，以便他去尋找劍。（1分）我不同意他的做法，因為他這樣不可能找到劍，劍掉在水中沒有移動，而船前行了，故就算他從記號處跳下水去找劍，也不可能找到。（2分）

2. 「以故法治國」與「刻舟求劍」的相似之處為「局勢已出現了變化」（1分）及「處理的方法卻沒有追上局勢變化」。（1分）

首先，（**標示語**）在「局勢已出現了變化」方面，「刻舟求劍」中的劍掉在水後便靜止沒有移動，而船已向前駛去，可見（**歸納詞**）局勢已出現了變化；在「以故法治國」中，原文指出「時已徙矣」，可見（**歸納詞**）時代已改變了。（2分）

然後，（**標示語**）在「處理的方法卻沒有追上局勢變化」方面，「刻舟求劍」中的楚人卻在刻下記號的位置跳到水裏，反映（**歸納詞**）他的處理方法沒有追上已前行的船，即沒有追上局勢變化；「以故法治國」則是指以舊的法制治理國家，並沒有追上已改變的時代。（2分）

3. 本文說明了處事要因應時局變化，靈活變通的道理。（2分）以故事中的楚人為例，他誤以為在舟上刻上劍掉下去的位置，便能在舟停下來的時候，在該處跳到水中找到劍，但他忽略了舟已前行的變化，反映（**歸納詞**）出他的處事方法沒有追上局勢變化，不知變通。（2分）

五、

1. 鞋	2. 帶	3. 結束／散了

六、

1. 他在買鞋子前預先量度自己的腳的尺碼，然後把量好的尺碼放在座位上。（2分）

2. 因為他忘了帶自己量好的尺碼，而他又不相信可以用自己的腳試鞋買適合的尺碼，結果回家拿尺碼再到市集時，市集已散了。（2分）

3. 兩個故事都帶出了處事要靈活變通的道理。（1分）

「鄭人買履」故事中的鄭人非常固執，寧願相信量好的尺碼，也不相信可以用自己的腳試穿鞋子找尺碼，可見他做事只會死守教條，不懂變通。（2分）

而「刻舟求劍」的楚人不知變通，以為在刻上記號的地方跳到水中便會找到劍，忽略已改變的時勢，可見他處事不夠靈活。（2分）

白話語譯

《刻舟求劍》

楚國有人渡江時，劍掉到水裏，他便很快地在船身上刻了記號，說：「我的劍就是從這裏掉下去的。」等到船停了，他就從記號處下水找劍。可是船已經走動了，但落水的劍卻不會動，這樣找劍，不是很奇怪嗎？如果用舊法治理國家，而不考慮時空的轉變，就像這個求劍者的行為一樣令人困惑。

《鄭人買履》

有個想要買鞋子的鄭國人，先測量好自己腳的尺碼，把尺碼放在他的座位上，等到前往集市，卻忘了帶量好的尺碼。已經拿到鞋子，卻說：「我忘記帶量好的尺碼了。」就返回家去取量好的尺碼。等到他返回集市的時候，集市已經散了，最後鄭國人沒能買到鞋子。

有人問他說：「為甚麼你不用自己的腳去試一試呢？」他說：「我寧可相信量好的尺碼，也不相信自己的腳。」

練習五：《愚公移山》

一、

| 1.苦於 | 2.曲折／繞路 | 3.扛 | 4.鑿 | 5.無 |

二、

評改準則：能譯重點詞語就能得分。

1. 你的心真是**頑固**（1分），頑固得沒法**改變**（1分），**連孤兒寡婦**（1分）都比不上。

2. 憑你**殘餘的歲月**（1分）、**剩下的力氣**（1分），連山上的一棵草都動不了，又能把泥土石頭**怎樣**（1分）？

三、

部分正確。

（文中「吾與汝畢力平險，指通豫南，達于漢陰，可乎？」指出他提出移平兩座山以通豫南和漢陰，故前句正確。而「其妻獻疑」則反映愚公的妻子對愚公的提議有所質疑，不太贊成，故後句錯誤。）

四、

1. 把土和石挖下來，愚公等人把土和石放在箕畚，然後扔到渤海。（2分）

2. 因為他認為憑愚公之力，難以把泥土及石頭都運走，他這樣做是一個愚蠢的行為。（2分）

我認為智叟是一個自作聰明的人，他對愚公的態度十分輕蔑，嘲笑愚公愚蠢，但事實上他並沒有嘗試過挖土運石，就一口斷定愚公沒可能成功，還去批評愚公，打擊他的士氣，可見他是一個自以為是的人。（3分）（答案言之成理即可。）

3. 本文以智叟對移山輕蔑的態度去反襯愚公對移山一事的堅持。（1分）

作者稱智叟為「智」，表面上是稱讚他，實際是想諷刺他自作聰明，他認為憑愚公等人的力量，沒可能成功，認為他十分愚蠢，企圖打擊愚公，可見（**歸納詞**）對愚公移山一事的態度輕蔑。（2分）然而，他的輕蔑並沒有打擊愚公的決心，他反指智叟頑固，堅定地指自己的子子孫孫可以完成這個壯舉，堅持下去定能成功，可見（**歸納詞**）智叟自以為是的態度能反襯愚公的堅持。（2分）

五、

| 1.愚笨 | 2.完成 | 3.最終 |

六、

1. 在遇上老婆婆之前，李白讀書的態度不認真。（1分）在讀書時，他還未明白書中的意思，便把書本放下，遊玩去了。（2分）

2. 因為他受到老婆婆的啟發（1分），他本認為老婆婆想把鐵杵磨成針是一件愚蠢的事，但聽到她說「只要堅持下去，做任何事也能成功」之後，他不禁自省，改變了自己的學習態度，並成為一位名士。（2分）

3. 「愚公移山」和「鐵杵磨針」的故事都令我明白到做事要有堅定的意志，並且要鍥而不捨地做下去。（1分）「愚公移山」的愚公和「鐵杵磨針」的老婆婆面對着旁人的質疑，都能力排眾議，堅持自己的決定，並且能鍥而不捨地做自己要做的事，可見做人要有堅定不移的意志。（2分）同時亦讓我反省到做人不應像智叟般自作聰明，不然只會顯出自己的無知。（1分）

（答案言之成理即可。）

白話語譯

《愚公移山》

太行、王屋（這）兩座山，（佔地）方圓七百里，高七八萬尺，本來在冀州的南邊，黃河北岸的北邊。

北山一位叫愚公的人，年紀將近九十歲，面對着山居住。他苦於大山北面堵塞交通，出來進去都要繞路，就集合全家來商量説「我跟你們盡全力剷除險峻的大山，使道路一直通向豫州的南部，在漢水南岸到達，可以嗎？」大家紛紛表示贊成。他的妻子提出疑問説：「憑藉您的力量，連魁父這座小山都不能剷平，又能把太行、王屋這兩座山怎麼樣呢？況且把土石放到哪裏去呢？」眾人紛紛説：「把它扔到渤海的邊上去，隱土的北面。」於是愚公率領能挑擔子的三個人上山，鑿石開墾土地，用箕畚裝了土石運到渤海的邊上，鄰居姓京城的寡婦有個孤兒，才剛剛換牙，也跳跳蹦蹦前去幫助他們。冬夏換季，他才往返一次。

河曲上的一位聰明的老者譏笑愚公並制止他，説：「你太不聰明了！就憑你衰殘的年齡和剩下的力量，連山上的一棵草都不能毀掉，又能把泥土、石頭怎麼樣呢？」北山愚公長嘆説：「你思想頑固，頑固到了不可改變的地步，連孤兒寡婦都比不上。即使我死了，我有兒子在；兒子又生孫子，孫子又生兒子；兒子又有兒子，兒子又有孫子；子子孫孫沒有窮盡，然而山卻不會增加高度，何愁挖不平？」河曲上的聰明的老者不能回答。

《鐵杵磨針》

李白在山中讀書的時候，沒有完成好自己的學業，就放棄學習離開了。他路過一條小溪，遇見一位老婦人在磨鐵棒，問她在幹甚麼，老婦人説：「我想把它磨成針。」李白被她的精神感動，就回去完成學業。最終成為著名的士人。

練習六：《五柳先生傳》

一、

1.喜好 ／愛好	2.就	3.憂愁的樣子 ／憂愁	4.不休息的樣子 ／不休息	5.思量 ／思考

二、

評改準則：能譯重點詞語就能得分。

1. （他）總是安安靜靜的（1分），少說話（1分），不貪慕榮華利祿（1分）。

2. （他）一喝醉後就（1分）走，從來（1分）不會不捨得（1分）離開。

三、

個人資料

姓名：<u>不詳</u>　　　（1分）

號：<u>五柳先生</u>　　（1分）

籍貫：<u>不詳</u>　　　（1分）

性格

<u>安靜寡言</u>　　　　（2分）

<u>淡泊名利</u>　　　　（2分）

愛好

<u>愛飲酒</u>　　　　　（2分）

<u>愛讀書</u>　　　　　（2分）

<u>愛寫文章</u>　　　　（2分）

居住條件

<u>居室簡陋</u>　　　　（2分）

<u>居室遮擋不住風和陽光</u>（2分）

<u>穿縫補過的粗布短衣</u>　（2分）

四、

1. 文章提到五柳先生「家貧」，可見（**歸納詞**）他生活條件不好。
   （1分）

   他喜歡飲酒，但因為家貧而不能常飲酒，因此當親戚朋友請他喝
   酒時，他便會喝得非醉不可，喝醉後就回家去，並不會捨不得，（2
   分）可見（**歸納詞**）他個性通達，活在當下的生活態度，今朝有
   酒今朝醉。（1分）。

   然後，他的居住條件也不好，他住在簡陋的居室，居室既不能擋
   風，也不能遮擋陽光，他穿着縫補過的粗布短衣，而且吃飯和飲
   水的器皿經常是空的。（2分）然而，在這些嚴峻的生活條件下，
   他仍然「晏如也」，安然自得，可見（**歸納詞**）他安貧樂道的生
   活態度。（1分）

2. 兩者沒有矛盾。（1分）五柳先生讀書「不求甚解」，是指讀書
   時不拘泥一字一句，不鑽研無關緊要的內容，而著重領會文章的
   大道理，並非不用心讀書。（2分）故此，他用心讀書，才能「會
   意」，理解文章的要旨，才繼而「欣然忘食」。（2分）由此可
   見，上下文並沒有矛盾，五柳先生讀書著重在意會文章的道理。
   （1分）

3. 無懷氏和葛天氏都是上古時期的帝王，在他們的治理下，人民都
   安貧樂道，知足常樂。（1分）而五柳先生儘管家貧，仍然安於
   自己的生活，不追求富貴榮華，因此作者說他是無懷氏和葛天氏
   時期的人民。（2分）

4. 我會解議他學習五柳先生的生活態度，五柳先生雖然家貧，生活
   條件也不好，但他安貧樂道，以寫文章去表明自己的志向，令自
   己悠然自得，故我會建議他向五柳先生學習。（3分）（言之成
   理即可。）

白話語譯

五柳先生，不知是甚麼地方的人，也不清楚他的姓名和表字。由於（他）住宅旁邊有五棵柳樹，就以它作為自己的號。

他總是安安靜靜的，不大與人交往，少說話，不貪慕榮華利祿。他喜歡讀書，不太過拘泥字句的解釋，對於書中的意旨有所領會時，就高興得連飯也忘記了吃。他有嗜酒的天性，但家裏窮，經常沒有酒喝。親戚朋友們知道他有這樣的嗜好而又不常得到滿足，有時擺了酒，都叫他來喝。他一來就把主人的酒喝光，非要喝醉不可。喝醉後就回家去，從來不會不捨得，說走就走。簡陋的居室空洞洞的，遮擋不住風和陽光。粗布短衣上有許多補過的洞，飯籃子和水瓢經常是空的，可是他卻安然自若。他經常寫文章來消遣時間和自娛，很能以此表現自己的志趣。他忘卻得失，就這樣過了一生。

作者評論道：黔婁的妻子曾經說過：「不為貧賤而憂心忡忡，不熱衷於發財做官。」體會這些話，他該是五柳先生這一類人吧？一邊喝酒一邊吟詩，為自己抱定的志向而感到無比快樂——這樣的人，大概是無懷氏治下的百姓，或者是葛天氏治下的公民吧！

初中文言攻略 下

作者
李國君　陳家汶

策劃
謝妙華

編輯
周宛媚

美術設計
Carol

排版
辛紅梅

出版者
萬里機構出版有限公司
香港鰂魚涌英皇道1065號東達中心1305室
電話：2564 7511
傳真：2565 5539
電郵：info@wanlibk.com
網址：http://www.wanlibk.com
　　　http://www.facebook.com/wanlibk

發行者
香港聯合書刊物流有限公司
香港新界大埔汀麗路 36 號
中華商務印刷大廈 3 字樓
電話：2150 2100
傳真：2407 3062
電郵：info@suplogistics.com.hk

承印者
中華商務彩色印刷有限公司
香港新界大埔汀麗路 36 號

出版日期
二零一九年八月第一次印刷

萬里機構

萬里 Facebook

ISBN 978-962-14-7073-7